세상의 모든 감정을 세심하게 맞이하고 보살펴 주세요.

오늘부터 현명해질 당신에게

_____ 드림

마음속 날뛰는 감정을 현명하게 길들이는 지혜 48

School of
Emotions

감정 학교

안젤름 그륀 지음
배명자 옮김

나무의마음

두 번째 강의 : 나도 몰랐던 내 안의 불편한 감정들
-'탐욕'에서 '메마른 감정'까지

2부 - 내 안의 감정 섬세하게 다시 보기

세 번째 강의 : 새로운 삶의 기준을 발견하는 감정들
-'화'에서 '쾌락'까지

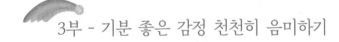

3부 - 기분 좋은 감정 천천히 음미하기

네 번째 강의 : 타인과 함께하는 기분 좋은 감정들
-'사랑'에서 '연민'까지

다섯 번째 강의 : 나를 안정시키는 기분 좋은 감정들
'자유'에서 '평정심'까지

세상에 나쁜 감정은 없습니다!

감정은 우리를 움직입니다. 엄밀히 말하면 우리의 마음을 움직이게 합니다. 단순히 우리의 마음뿐 아니라 행동과 세상을 보는 관점, 다른 사람을 대하는 태도에도 영향을 미칩니다.

감정을 뜻하는 독일어 'Emotion'은 '휘저어서 솟구치게 만든다'는 뜻을 가진 라틴어 'emovere'에서 유래되었습니다.

감정은 종종 우리의 내면을 휘젓습니다. 예를 들어 누군가에게 비난을 받으면 감정이 먼저 반응합니다. 무언가에 감동할 때, 흥분할 때 그리고 깊은 고뇌에 빠질 때도 마찬가지입니다.

많은 사람이 자신의 감정을 적절하게 표현하는 법을 알

지 못해 괴로워합니다. 우리는 감정을 가감 없이 드러내는 사람에게 너무 감정적이라며 비난하고, 좀 더 이성적으로 행동하라고 충고합니다. 반대로 감정을 전혀 드러내지 않는 사람도 있습니다. 그런 사람과는 피상적인 관계만 맺게 됩니다. 우리는 자신의 겉모습만 보여주는 그들을 살아 있는 사람보다는 로봇처럼 느낍니다. 마치 영혼이 없는 것처럼 인간적인 냄새가 나지 않기 때문입니다. 속으로 무슨 생각을 하고 있는지, 어떤 사람인지 도통 알 수 없어서 그런 사람들과 있으면 왠지 모르게 불편해집니다.

누군가가 자신의 감정을 보여줄 때, 우리는 상대가 나를 진지하게 받아들이고 있다고 느낍니다. 내가 그에게 이해받고 있으며, 중요한 존재라고 생각합니다. 그에 반해 무미건조하게 반응하는 사람에게서는 자신이 무시당하고 있다고 느낍니다.

오늘날 심리학에서는 감성 지능 또는 감정 능력에 대해 이야기합니다. 이는 경제와 기업 경영에까지 영향을 미치는 중요한 사회적 능력이 되었습니다. 기업이나 조직을 이성적 판단이나 합리성과 효율성만으로 이끌기에는 충분하지 않습니다. 여기에 모두가 동의할 것입니다. 기능적 절차도 결국 사람에게 달려 있고, 기업을 잘 경영하기 위해서는 감성 지능이 필요하기 때문입니다. 뿐만 아니라 직원들을 제대로 평가하고 이해하는 데도 감성 지능을 활용할 수 있습니다. 이런 감성 지능은 기업의 중요한 에너지원입니다.

감정 능력은 회사가 직원의 감정을 적절히 다루는 능력입니다. 직원들의 감정에 제대로 대응하려면 먼저 그들의 감정에 공감하고 적절한 반응을 제공할 수 있어야 합니다. 이때 감성 지능이나 감정 능력 없이 부서를 이끄는 사람을 가리켜 마치 '도자기 상점에서의 코끼리'처럼 행동한다고 표현합니다. 이런 사람은 직원들의 감정을 짓밟고, 그들에게 상처를 주며, 그들의 영혼을 파괴하면서도 그 사실을 전혀 깨닫지 못합니다.

감성 지능과 감정 능력은 자신의 감정을 알고 잘 다룰 때 얻을 수 있습니다. 그러기 위해서는 자신의 감정을 받아들이되, 동시에 의식적으로 반응해야 합니다. 감정에 휘둘리지 않고, 감정을 에너지원으로 활용해야 합니다. 또 감정을 잘 살피고 이해하려고 노력해야 합니다. 그러면 감정을 두려워하지 않고 의식함으로써, 스스로 더욱 생동감 있고 인간적인 모습을 지켜 나갈 수 있습니다.

감정이 메마른 사람들은 냉담하고 무심해 보입니다. 그

런 사람들에게서는 어떤 생기도, 열정도 느껴지지 않습니다. 그들은 누구의 마음도 움직이지 못합니다. 우리를 움직이게 하는 것은 감정의 힘, 즉 열정입니다. 모든 위대한 인물들은 이성적일 뿐 아니라 풍부한 감정을 가지고 있었습니다. 그래서 그들의 말과 행동은 오늘날까지도 우리에게 울림을 주는 것입니다.

스위스 출신의 심리학자 베레나 카스트는 감정 표현이 자기 자신에 대해 말하는 것과 같다며 이렇게 말합니다.

"우리가 감정을 경험할 때 그것은 항상 우리의 정체성과 관련이 있습니다. 감정은 늘 우리 자신과 깊이 연관되어 있습니다. 우리가 감정을 억누르고 거부하려고 한다면, 누구와도 연결되지 못하고 고립될 것입니다. 여기서 고립된 사람이란 아무것도 느끼지 못하고, 아무 책임도 지지 않으며, 아무것도 하지 않는 것을 의미합니다."

감정은 우리의 행동을 이끄는 중요한 원동력입니다. 또한 감정은 그 자체로도 가치가 있습니다. 기쁨, 희망, 신뢰, 만족 등을 느끼는 것만으로도 이미 좋은 일입니다. 우리는 감정을 통해 자신을 경험하고 느낍니다. 그것은 우리에게 좋은 영향을 줍니다. 카스트의 말처럼 "감정은 무엇보다도

자기 경험의 한 형태"이니까요.

감정에 관한 제 생각을 담은 이 책을 읽고 나면, 여러분은 자신의 감정을 새롭게 만나고, 이를 통해 새로운 나를 발견하게 될 것입니다. 그리고 읽는 내내 그동안 잘 몰랐던 자신에 대해 알아차리게 될 것입니다.

어쩌면 감정에 관한 제 생각이 여러분의 경험과 꼭 일치하지 않을 수도 있습니다. 그럴 때는 제 생각이 여러분의 감정을 여러분의 언어로 표현해 보라는 일종의 초대라고 생각하며 이 책을 읽어 주시기 바랍니다.

감정은 항상 양면적입니다. 감정은 우리를 지배하고 억누르는 동시에, 우리를 이끌어 무언가를 시도하게 합니다. 우리는 종종 자신의 감정을 제대로 이해하지 못합니다. 감정들이 늘 명료하거나 단순하지는 않기 때문입니다. '뒤섞인 감정'이란 말이 괜히 있는 게 아닙니다. 여러 감정이 뒤섞인 '감정 잡탕찌개'가 우리 안에서 끓고 있을 때가 많습니다.

우리는 이 책에서 감정을 어떻게 다루어야 할지 배우고 연습할 것입니다. 그러면 감정 앞에 무기력해지지 않을 수 있습니다. 이 책의 제목이 《감정 학교》인 이유입니다.

이 책을 통해 우리는 일상에서 감정에 주의를 기울이고, 감정이 어떻게 흘러가는지 관찰하고 분석하는 법을 배울 수 있습니다. 또한 '잡탕찌개 같은 감정'을 잘 요리하여 먼저 우리 자신을 살리고, 나아가 다른 사람들도 구제하는 레시피를 익힐 수 있습니다.

우리가 감정을 억누르거나 거부하면 감정은 종종 우리에게 해로운 방식으로 드러납니다. 그러면 우리가 감정을 다스리는 게 아니라 감정이 우리를 지배하게 됩니다. 여기서 핵심은 감정을 자신의 생명력과 행동의 원천으로 보는 것입니다. 오직 신중한 관찰과 이해를 통해서만 감정은 명료해지고 긍정적으로 변할 수 있습니다. 이러한 변화를 위해서는 다른 사람에게 우리의 감정을 표현할 수 있어야 합니다. 대화를 통해 표현하든, 각자가 믿는 신에게 기도를 해서든 자기 감정을 솔직하게 드러내는 것이 중요합니다.

감정은 우리를 움직여 더 나은 미래를 위해 노력하게 합니다. 이런 감정을 통해 우리가 살아가는 현실, 우리를 매혹시키거나 상처 입히는 사람들, 사회의 상황 그리고 우리 자신의 삶의 상태에 반응하는 것입니다.

감정은 언제나 우리가 현재에 머물지 않도록 이끌어 줍

니다. 그리하여 지금까지와는 다른 시각으로 현실을 바라보게 합니다. 마음을 움직여 상황을 변화시키고, 우리 삶과 주변 사람들의 삶에 더 나은 조건을 마련하게 합니다.

"모든 개별적 감정이 세상을 바꾼다."

철학자 장 폴 사르트르의 말입니다. 우리는 감정을 통해 세상을 더 인간적이고 희망적으로 바꿀 수 있습니다.

이 책을 읽는 동안 여러분 마음에서 일어나는 반응에 계속해서 주의를 기울이십시오. 감정에 관한 제 생각을 그대로 받아들이지 말고, 여러분에게 어떤 감정이 익숙한지 잘 살펴보기 바랍니다. 그런 다음 그 감정을 지금까지 어떻게 다루어 왔는지 깊이 생각해 보십시오.

그리고 책을 읽으면서, 감정을 받아들이는 새로운 방법을 찾았는지, 감정 표현에 자신감이 생겼는지, 감정을 삶의 기쁨과 활기의 원천으로 만들 수 있을지, 있는 그대로 감정을 경험할 수 있을지 깊이 생각해 보기를 바랍니다.

독일 베네딕트회 수도원에서

안젤름 그륀

1부

불편한 감정에 이름 붙이기

첫 번째 강의 :
타인으로 인한 불편한 감정들

- '시기심'에서 '무관심'까지

시기심

(시기심)

영혼의 독침

다른 사람이 잘되면 왠지 기분이 나쁘고, 어쩐지 나만 불리한 위치에 있는 것 같아 억울하며, 남보다 적게 얻은 것 같아 화가 나고, 다른 사람의 행복을 탐탁지 않아 하며, 그들의 성공을 함께 기뻐하지 않는 마음, 이것이 시기심입니다.

시기심은 영혼의 독침이라 할 수 있습니다. 이는 우리의 영혼을 망가뜨리고 마비시킬 수 있으며, 공격적이고 파괴적인 힘을 발휘하여 다른 사람에 대한 증오로 이어질 수 있습니다.

고대 로마의 시인 오비디우스는 '시기하는 사람이 밟은 풀은 그 자리에서 불타버린다'라고 표현하기도 했습니다.

성경에서도 형 카인이 동생 아벨을 시기하여 살인을 저지른 일을 들어 시기심에 대해 언급하고 있습니다.

6세기 이후로 시기심은 7가지 죄악(교만, 시기, 분노, 나태, 인색/탐욕, 탐식/식탐, 정욕-옮긴이 주)에 속했습니다. 4세기에 활동했던 수도자이자 작가이며 심리학자인 에바그리우스 폰티쿠스는 시기심을 '정신적 격앙'으로 분류했습니다.

시기심은 끊임없이 다른 사람과 자신을 비교할 때 생깁니다. 우리는 자기 자신에게 집중하지 못하고 자꾸 다른 사람을 곁눈질합니다.

과거에는 시기심을 비뚤어진 욕망으로 해석하기도 했습니다. 어떤 집단에 들어가면, 우리는 자기도 모르게 속으로 비교합니다. 누가 더 잘생겼는지, 누가 더 똑똑한지, 누가 더 말을 잘하는지, 누가 더 자기소개를 멋지게 하는지, 누가 더 성공했는지, 누가 나보다 더 대우받는지 등등 우리는 이렇게 자신에게 집중하지 못하고 늘 다른 사람을 의식하며 삽니다.

다른 사람과 자기를 비교하는 사람은 결코 마음의 평안을 찾지 못합니다. 그런 사람은 언제나 다른 사람에게서 자신이 갖지 못한 것을 찾아냅니다. 자기보다 노래를 잘 부르고 말을 잘하고 잘생기고 돈이 많은 사람들을 언제나 찾아냅니다. 그래서 그는 스스로 하찮은 사람이라고 느낍니다. 그러다 보면 부족하지 않은 것까지도 갈망하게 됩니다.

공공연하게 시기심을 드러내는 경우는 거의 없습니다. 하지만 아무리 억누르거나 억제하려고 해도 그 감정에서 쉽게 벗어날 수 없습니다. 억압된 시기심은 자기혐오와 자기경멸로 이어질 수 있습니다. 한번 시기심에 사로잡히면 그것이 결국 그 사람을 삼켜버립니다. 그 사람은 결코 자신에게 만족을 느끼지 못합니다. 자신을 보지 않고 언제나 다른 사람들에게 시선을 두고, 그들에게서 자신이 갖고 싶어 하는 것만 봅니다. 그러나 자신이 그것을 가질 수 없기 때문에, 그는 자신의 삶에 불만을 품고 운명에 분노하며, 자신을 그렇게 만든 신을 원망합니다. 소망을 들어주지 않는 신이 불공평하다고 여깁니다.

> 시기심에 사로잡히면
> 결국 시기심이 나를 삼켜버립니다.

사회학자들은 '사회적 시기심'에 대해 말합니다. 사회적 시기심은 모든 것을 동등하게 만들려는 동력이 될 수도 있습니다. 고대 그리스에서는 사회적 시기심 때문에, 개인이 획득한 재산을 빼앗거나 경쟁자에게 분배하기도 했습니다. 고대 그리스인들은 신들의 시기가 두려워 남들보다 우위에 있기를 꺼렸고, 남들보다 부자이거나 잘났다는 사실을 감히 자랑하지 못했습니다. 오늘날 일부 국가에서는 시기심이 발전의 가장 큰 걸림돌이 되기도 합니다. 실제로 시기심에 사로잡힌 어떤 사람들은 성공한 사람을 시기해 그의 성공을 빼앗거나, 상대가 너무 막강해지면 제거하려고까지 합니다. 다른 사람의 탁월함을 참지 못하는 시기심은 사회의 진보와 발전을 막습니다. 탁월한 사람이 등장하면 즉시 그 사람을 아래로 끌어내려 하향 평준화하려 들기 때문입니다.

또 다른 방식의 훼방도 있습니다. 정의를 위한 노력에 '사회적 시기심'이라는 꼬리표를 붙여 평판을 떨어뜨리거나, 심지어 소비를 부추기기 위한 심리적 수단으로 시기심이 이용되기도 합니다.

"당신의 친구들이 당신을 부러워할 거예요!"

한 명품 핸드백 광고 카피가 보여주듯, 시기심은 개인적인 문제이면서 매우 정치적인 주제이기도 합니다.

독일 사회에서도 종종 시기심 논쟁이 벌어집니다. 예를

들어, 사람들은 의사들이 적은 보수를 받고도 환자를 위해 헌신하기를 바랍니다. 그러다 해외로 이주하는 의사들이 점점 늘어나면, 비로소 시기심이 어떤 결과를 초래하는지 깨닫습니다. 우리 사회에서 탁월함을 허용하지 않으면, 평균을 넘어서기 위해 노력하거나 그럴 의욕을 갖는 사람이 줄어들 수밖에 없습니다.

시기하는 사람은 자신에게 만족하지 못합니다.

시기심에 대처하는 올바른 방법은 무엇일까요? 이때는 옛날 수도자들의 가르침이 유용합니다. 우리는 시기심과 대화를 해야 합니다. 우리는 종종 시기심을 억누르거나 감추려 합니다. 그러나 우리는 시기심을 어둠 속에서 끌어내어 그것과 정면으로 마주해야 합니다. 그리고 물어야 합니다.

'시기심은 나에게 무엇을 말하려 하는가?'
'내 삶의 어떤 부분이 깨져 있는가?'
'나는 무엇을 바꾸고 싶은가?'

시기심은 나의 욕구와 갈망을 보여줍니다. 성공하고 싶

고, 잘생기고 싶고, 다른 사람보다 뛰어나고 싶은 내 욕구를 말입니다. 이때 질투하는 내용을 구체화하면 내 안의 시기심을 객관화할 수 있습니다.

'나는 내가 질투하는 그 사람처럼 되고 싶다.'
'나는 그 남자 혹은 그 여자 같은 외모를 갖고 싶다.'
'나는 그 사람처럼 많은 돈을 벌고 싶다.'
'나는 그 사람처럼 사회적으로 인정받고 싶다.'
'나는 그 사람처럼 지적이고, 성공하며, 노래 잘하고, 말 잘하며, 내 주장을 멋지게 관철하고 싶다.'

이렇게 내가 질투하는 상대방의 모든 특징을 나열해 보면, 그것이 얼마나 비현실적인 욕구인지 금세 깨닫게 됩니다. 실제로 부러워하는 모든 특징을 갖게 되면 괴물이 탄생할지도 모릅니다.

우리는 상대방을 부러워하는 모든 특징을 상상하면서 시기심에서 벗어날 수 있습니다. 그러면 나 자신에게 감사하는 감정이 생길 수 있습니다. 스스로 시기심을 인정하고 받아들이면 시기심에게 빼앗겼던 감정에 대한 주도권과 통제권을 되찾아올 수 있습니다. 그때 나는 다시 나 자신을 만나게 됩니다. 감사하는 마음으로 나답게 살려고 노력하게 됩니다. 그러면 신이 내 삶에 주신 많은 선물을 발견할 수 있고, 기꺼운 마음으로 다른 사람을 축하해 줄 수 있습니다.

그러나 내가 시기심에게 삶의 주도권과 통제권을 빼앗기면, 그 감정이 미움을 넘어 상대에 대한 증오로 이어지게 됩니다. 그러다 다른 사람들이 이룬 것을 나는 결코 이루지 못할 거란 생각이 들면, 그들에 대한 증오는 자기혐오로 변합니다. 독일 사람들이 자주 사용하는 표현 중에 이런 말이 있습니다.

"시기심 탓에 얼굴이 노랗다."

"시기심 탓에 창백해 보인다."

이렇듯 시기심은 우리에게서 건강한 혈색을 빼앗아 갑니다. 시기하는 사람은 다른 사람의 우위에 배가 아픕니다. 시기심은 왜곡된 자기 인식으로 이어지고, 결국 질병에 걸린 것처럼 느껴집니다. 시기하는 것을 이룰 수 없기 때문에 모든 공격성을 자신에게 돌리고 우울해집니다. 자기 안에 있는 모든 기쁨을 죽이고, 무언가를 시도하고 긍정적으로 변화시키기 위한 모든 에너지를 소진합니다. 다른 사람을 시기하느라 자기 안의 에너지를 모두 써버립니다.

> 시기하는 사람은 자신을 보지 못하고
> 언제나 다른 사람에게 시선을 둡니다.

시기심은 인간의 본성입니다. 옛날 수도자들은 이것을
인정했습니다. 그런 걸 보면 그들은 확실히 현실적이었습니
다. 우리는 수도자들로부터 시기심에 대처하는 올바른 방
법을 배울 수 있습니다.

우리가 시기심과 싸우려 들면 저항하는 마음이 생깁니
다. 그러다 보면 시기심은 우리 안에서 계속 솟구칠 것입니
다. 시기심을 극복하는 유일한 길은 그 마음을 인정하고,
시기심과 다정한 대화를 나누는 것뿐입니다. 그러면 우리
는 시기심이 생길 때 자신을 비난하지 않게 됩니다. 시기심
을 인정함으로써 우리는 자신의 필요와 갈망을 인정하게
됩니다. 그리고 동시에 우리의 욕구가 얼마나 비현실적이거
나 유아적인지를 깨닫게 됩니다.

언제 어디서나 가장 위대하고 성공적이며 멋진 사람이
되려는 욕구가 어떻게 항상 현실적일 수 있겠습니까. 이런

비현실적인 욕구를 깨달으면 우리는 시기심으로부터 거리를 둘 수 있고, 우리의 현재 상황을 수용할 수 있습니다. 그때 우리는 자신을 긍정하게 되고, 신이 주신 모든 것에 감사하게 됩니다. 이때 비로소 우리는 다른 사람에게 향했던 시선을 돌려 자신을 보게 됩니다. 그리고 다른 사람을 시기하고 미워하던 에너지를 긍정적인 새로운 목표를 세우는 데 쓰게 됩니다. 더 이상 다른 사람들에게 부정적인 에너지를 돌리지 않게 됩니다. 끊임없이 다른 사람들을 시기하고 원망하는 대신, 마침내 신이 주신 삶을 감사해하며 즐기게 됩니다.

존엄성 훼손

우리는 모욕감을 느끼게 되면 상대방을 비난합니다.

"넌 날 모욕했어. 내 인격을 모독했어. 네 말은 내게 너무 모욕적이야."

때로는 우리를 모욕한 장본인이 우리를 비난하기도 합니다. 일부러 우리가 모욕을 당한 척한다는 겁니다. 자신은 결코 모욕하려고 한 게 아닌데, 우리가 기대했던 것만큼 존중받지 못했다는 이유로 마치 엄청나게 모욕당한 것처럼 지나치게 반응한다며 비난합니다.

모욕한다는 것은 누군가를 괴롭히고, 아프게 하며, 상처를 주는 행위입니다. 따라서 누군가의 말에 내가 모욕

모욕감은
깊은 통증입니다.

감을 느꼈다면, 인간으로서의 내 존엄성을 훼손당한 것입니다. 상대방이 나를 웃음거리로 만들고 욕하고 멸시할 때 내 안에 부정적인 감정이 치솟습니다. 이때 나는 화가 나고 모멸감을 느끼며 의기소침해집니다. 결국 나를 보호하기 위해서 상대와 더 이상 말을 하지 않게 됩니다. 그렇지 않으면 계속해서 상처를 입게 될 테니까요. 이처럼 모욕감은 내 존재가 무시당하는 것이자, 인간으로서의 존엄성을 잃는 듯한 깊은 통증이라 할 수 있습니다.

프랑스 축구선수 지네딘 야지드 지단은 모욕감이 얼마나 강력한 감정이고 어떤 격한 반응을 불러일으킬 수 있는지 잘 보여줍니다.

2006년 월드컵 결승전에서 지단을 집중 마크하던 이탈리아 선수 마르코 마테라치가 그에게 모욕적인 말을 던집니다. 이때 화를 참지 못한 지단이 마테라치에게 박치기를 하죠. 당시 마테라치는 그 자리에서 가슴을 부여잡은 채 쓰러졌고, 심판은 지단을 퇴장 조치합니다. 결국 프랑스는 승부차기에서 이탈리아에 져 우승컵을 내주게 되지요. 사실 이 경기는 지단의 은퇴 경기였습니다. 이후 프랑스 국민들은 지단에게 월드컵 우승을 놓친 책임을 물으며 그의 행동을 비난합니다.

나중에 알려진 사건의 진실은 이렇습니다.

자신을 집중 마크하던 마테라치와의 몸싸움에 짜증이 난 지단은 "내 유니폼이 갖고 싶다면 나중에 줄게"라고 말합니다. 이에 마테라치는 "유니폼보단 네 누이가 낫겠다"라는 선을 넘는 발언을 합니다.

참을 수 없는 모욕감을 느낀 지단은 박치기와 같은 비이성적 방식으로 자신의 존엄성과 가족의 명예를 지키려 했습니다. 물론 그의 행동이 올바른 방식이 아님은, 심판은 물론이고, 동료 선수들과 관중들도 모두 잘 알고 있었습니다. 어쨌든 이 일화는 모욕감이 얼마나 우리를 자극하고 흥분시킬 수 있는지 잘 보여줍니다.

때로는 객관적으로 아무도 나를 모욕한 사람이 없는데도 모욕감을 느끼는 경우가 있습니다. 가령 내가 충분히 인정받지 못한다고 생각하거나, 다른 사람이 나보다 더 특혜를 받는다고 생각하거나, 내가 기대한 만큼 대접받지 못한다고 생각할 때 사람들은 모욕감을 느낍니다.

내 기대만큼 나를 존중하지 않는 사람들에게 우리는 모욕감을 드러내며 그들을 비난합니다. 그러나 이런 대응은 오히려 상호 간에 의사소통을 방해합니다. 더는 대화가 불가능하다며 상대를 비난하고, 상대에게 상처를 줍니다. 나는 모욕을 당했다는 생각에 화가 나고, 상대는 내 반응이 과해 이성적인 대화가 불가능하다며 화를 터뜨립니다.

> 내 기대만큼 나를 존중하지 않는 사람에게
> 우리는 모욕감을 드러내며 그들을 비난합니다.

한걸음 물러나서 생각해 보면, 상대방이 나에게 그런 말을 한 이유와 내가 그때 왜 그렇게 화를 냈는지 좀 더 잘 이해할 수 있습니다. 따라서 상대방과 나 사이에 일어난 상황을 명확히 살피기 위해서는 우선 그 상황과 심리적 거리를 두는 것이 좋습니다.

이때 화를 낸 자신을 탓하거나 상대방에게 사과할 필요는 없습니다. 화가 나는 것은 어쩔 수 없는 감정적 반응이기 때문입니다. 다만 누구나 화를 낼 수도 있음을 인정하고 이해해야 합니다. 그러고 나면 더욱 존중하는 마음으로 서로를 대할 수 있습니다.

열정적으로 추구하는 고통

질투를 뜻하는 독일어 'Eifersucht'를 문학 작품에 처음 사용한 사람은 괴테입니다. 그는 자신의 책(괴테의 비극 작품《에그몬트》에 처음 등장함-옮긴이 주)에서 이렇게 말합니다.

"질투는 열정을 불러일으키는 힘이지만, 그 열정은 고통을 초래한다."

"Eifersucht ist eine Leidenschaft, die mit Eifer sucht, was Leiden schafft."

질투는 우리를 움직이게 하는 힘이지만, 우리가 그 감정에 휘둘리게 되면 고통 속으로 빠져들게 됩니다. 그리고 만약 그것이 병적으로 집착적인 성향을 띤다면, 질투하는 상대뿐만 아니라 나 자신에게도 고통을 줍니다.

질투는 때때로 시기심과 비슷합니다. 우리는 종종 누군 가가 주목받으면 그 사람을 질투한다고 합니다. 그런데 자세히 살펴보면 질투와 시기심에는 차이가 있습니다. 질투는 언제나 사랑의 맥락이나 관계를 염두에 두고 이해해야 합니다. 일부 심리학자들은 질투를 '관계 시기심'이라고도 부릅니다. 여기에는 다른 사람과 사랑하는 사람의 애정을 나눠야 한다는 두려움, 사랑하는 사람의 애정을 완전히 잃어버릴지 모른다는 불안이 숨어 있습니다. 예를 들어 아내는 남편이 다른 여자들에게 인기를 끌면 질투를 느낍니다. 남편도 다른 남자들이 아내의 미모에 감탄하며 칭찬하면 질투를 느낍니다.

질투심은 우리의 의지와 상관없이 저절로 생기는 감정입니다. 질투가 나는 상황이 단지 상상에 불과하더라도 상상은 현실처럼 느껴집니다. 이로 인해 어떤 사람들은 비이성적인 행동을 하고, 때로는 살인까지 저지르게 됩니다. 질투심에 사로잡힌 것이지요.

아예 질투를 하지 않으려고 노력하는 사람들도 있습니다. 그들은 질투할 이유가 전혀 없다고 스스로에게 말하며 이성으로 감정을 억누릅니다. 이상적인 사랑이란 배우자나 애인을 구속하지 않는 것이라고 믿는 사람들에게는 질투가 곧 약점이 되기 때문입니다. 하지만 질투는 이성의 개입으로 몰아낼 수 없습니다. 우리 안에서 저절로 솟구치는 감정이니까요.

제게 질투심 때문에 화가 난다며 하소연한 여자가 있었습니다. 그녀는 여비서가 남편을 사랑하거나 더 나아가 유혹하는 상상을 합니다. 남편에 대한 의심을 지우기 어렵습니다. 남편은 신뢰할 만한 사람이라고 스스로를 다독이지만, 그녀는 이 불쾌한 감정이 자기 안에서 계속 솟구치는 것을 어쩌지 못합니다.

그녀 자신도 질투심이 남편과의 관계에 해를 끼친다는 것을 잘 압니다. 하지만 집에 혼자 있으면 사무실에서 남편과 비서가 사랑을 나누는 장면이 자꾸 떠오릅니다. 상상을 멈추려고 몸부림치지만 쉽지 않습니다. 그녀는 머리를 움켜쥐고 괴로워합니다.

질투심을 억누르거나 이성의 힘으로 추방하려는 노력은 아무 소용이 없습니다. 아무리 억누르고 쫓아내도 계속 솟구칩니다. 이때는 오히려 질투심을 인정하고 내 안의 질투와 대화를 나누는 편이 낫습니다. 질투를 부르는 상상에 휘둘려 괴로워하는 대신, 그 상상을 끝까지 능동적으로 따라가는 겁니다.

'상상하는 모든 일이 정말로 현실에서 일어난다면 나는 어떻게 될까?'

'정말로 모든 것이 끝나게 될까? 아니면 마음 깊은 곳에서 다시 나를 찾고, 내면의 깊은 감정과 연결될까?'

'내가 그저 한 남자의 아내일 뿐만 아니라 나라는 존재를 새롭게 인식하게 될까?'

나는 나입니다. 스스로 내 존엄성을 지켜야 합니다. 그녀가 상상한 일이 사실이라면 당연히 마음이 아프겠지만, 내 삶의 모든 것이 오로지 한 남자에 의해 좌지우지되는 건 아닙니다. 상상과 싸우기보다는 상상의 결과를 머릿속에 그려 보고, 잃어버린 나 자신을 찾아 진정한 자아로 돌아가는 겁니다.

질투심을 인정하고 그것과 대화를 나누면,
질투는 서서히 신뢰와 사랑으로 바뀝니다.

내가 질투를 평가하거나, 질투한다는 이유로 자신의 가치를 깎아내리는 행위를 멈추면, 우리는 질투가 생겨난 이유를 발견할 수 있습니다. 그것들은 대개 과거의 상처 속에 있습니다.

과거에 나는 사랑했던 사람에게 실망한 적이 있고, 그 관계에서 깊은 상처를 받았습니다. 그 경험이 나를 자꾸 의심하게 하고 질투하게 합니다. 나는 배우자나 애인을 다른 사람에게 뺏길까 두렵습니다. 상처를 입고 홀로 남겨질까 두렵습니다.

이때 질투와 대화하면서 그것이 내게 무슨 말을 건네고자 하는지 물어볼 수 있습니다. 그것은 내게 관계에 변화가 필요하다고 말하고 있는지도 모릅니다. 아니면 내가 스스로 변해야 한다고 말하고 있는지도 모릅니다.

질투심에 담긴 나의 욕구가 무엇인지 자신에게 물어볼 수도 있습니다. 그 순간 질투는 어쩌면 이렇게 대답할 것입니다.

"당신은 이 사람이 오직 당신만 사랑하기를 원하는군요."
"당신은 이 사람을 완전히 독점하기를 바라는군요."

"당신은 이 사람이 오직 당신만 사랑한다고 확신할 수 있길 바라는군요."

자신의 욕구를 알아차리는 순간, 그것이 얼마나 비현실적인 생각인지 알게 됩니다. 남편을 가둬 놓고 그가 오직 나만 바라보도록 할 수 없습니다. 남편은 언제든 다른 여자들과 같이 일할 수도 있고, 만날 수도 있기 때문입니다.

내 안의 질투는 남편이 나를 사랑한다는 것을 믿어 보라는 일종의 초대일 수 있습니다. 동시에 내가 남편을 얼마나 사랑하는지 보여주는 증거라고 생각할 수도 있습니다.

이러한 사실을 인정할 때 질투심에 맞서 화를 내기보다 오히려 남편을 사랑하는 자신의 마음을 깨닫고 그 사실에 감사할 수 있습니다. 그러면 나는 더 이상 고통받지 않을 수 있습니다. 내 안의 질투심을 인정하고 그것과 대화를 나누면, 질투는 서서히 신뢰와 더 깊은 사랑으로 변할 것입니다.

과거의 상처가 질투를 불러일으킬 때 만약 당신이 신을 믿는 사람이라면, 자신의 상처를 살피고, 그것을 신께 내맡길 기회로 삼을 수도 있습니다.

질투심이 생겼다고 해서 스스로를 비난하지 마십시오. 자신의 상처와 실망까지도 받아들이십시오. 질투심이 생길 때는 남편 혹은 아내가 지금 무슨 생각을 하고 무엇을 하고 있을지, 상대가 이성에게 어떤 식으로 반응할지 구체적으로 상상하기를 멈추십시오. 대신 질투심을 인정하고 묵상이나 기도를 통해 내 마음속 질투에게 이렇게 말을 건네십시오.

"나를 불쌍히 여기소서, 예수 그리스도여!"

내 안에서 질투를 느낄 때마다 이렇게 말을 건네면, 질투심은 저절로 변하게 될 것입니다. 그리하여 당신은 더 지혜롭게 질투에 대처하게 될 것입니다.

신에게 질투를 맡기는 방법도 있습니다. 신의 사랑과 자비가 내 질투와 과거의 상처 속으로 흘러 들어와 그것들을 치유하는 모습을 상상하는 것입니다.

실망

기대를 배반하는 착각

실망은 우리 대부분이 일상에서 경험하는 감정입니다. 이 감정은 우리 마음속 깊이 파고들어 와서 지워지지 않는 상처를 남길 수 있습니다. 또한 분노나 절망 같은 매우 강렬한 감정을 불러일으킬 수도 있습니다. 그렇다면 실망은 어떻게 다루어야 할까요?

'실망하다'라는 뜻의 독일어 'enttäuschen'은 'ent벗어나다, 깨고 나오다'와 'Täuschung착각, 속임수'이 합쳐진 말로, 1800년경 'desabuser눈을 뜨게 하다, 정신을 맑게 하다'와 'detromper더 나은 것을 가르치다'라는 프랑스어 두 개를 대체하기 위해 만들어졌습니다.

우리는 종종 특정인에 대한 기대 속에서 착각을 합니다. 우리가 헌신하고 믿었던 사람 혹은 우리를 지지하고 우리에게 고마워할 거라 기대했던 사람에게 실망하게 되면 정말 가슴 아픕니다. 특정인에 대해 우리가 가졌던 이미지를 포기해야 하는 것 또한 고통스러운 일입니다. 우리가 그린 상대의 이미지가 그 사람의 본성을 반영한다고 확신하기 때문입니다.

그러나 실망은 우리로 하여금 환상에서 벗어나게 하는 기회이기도 합니다. 실망함으로써 우리는 착각에서 깨어납니다. 눈이 뜨이고, 비로소 진실을 마주할 수 있게 됩니다. 실망스러운 경험을 통해 어떤 사람이나 사물에 대해 잘못된 판단을 내리지 않으려면 더 깊게 살펴봐야 한다는 사실을 배웁니다.

우리는 상대가 기대와 다른 행동을 할 때 실망합니다. 그들의 행동이 우리의 확신과 반대되거나 기대에 미치지 못할 때도 있습니다. 심지어 배신할 때도 있습니다. 그때 실망감은 상대를 더 현실적으로 보라는 초대입니다.

상대에게 실망했다고 해서 높이 평가하던 사람을 갑자기 깎아내리거나 거부해서는 안 됩니다. 이때는 그 사람에 대한 판단을 미루고 좀 더 현실적인 눈으로 보는 법을 배위야만 합니다. 물론 그것은 결코 쉽지 않습니다.

실망은 언제나 아픔을 남기고, 때로는 분노로 이어지기도 합니다. 분노는 우리를 눈멀게 할 수 있습니다. 그러면 우리는 상대를 부정적으로 보고, 모든 부정적인 이미지를 그에게 투사합니다. 그 결과, 우리는 다시 그 사람에게 종속되고 맙니다. 실망감에서 벗어나기 위해서는 상대에 대한 환상을 버리고 진실을 직시해야 합니다.

준비했던 시험에 떨어지거나 기대한 만큼 좋은 점수를 받지 못했을 때도 우리는 스스로에게 실망합니다. 소망했던 것만큼 훌륭한 결과를 끌어내지 못했을 때, 실수를 저질렀을 때, 생각했던 것과는 전혀 다르게 일이 진행될 때도 마찬가지입니다.

실수하거나 마음의 중심을 잃을 때, 우리는 스스로 만들어 놓은 이미지에서 벗어나 좀 더 현실적으로 자신을 돌아보고 받아들여야 합니다. 그렇다고 자신을 비하하거나 상대를 무시해선 안 됩니다. 우리가 잘할 때나 못할 때나 항상 이런 태도를 유지해야 합니다.

어떤 사람이나 사물에 대해 잘못된 판단을
내리지 않으려면 더 자세히 살펴보고 있는 그대로

받아들여야 한다는 걸 실망의 경험을 통해 배웁니다.

모든 일에 실패했다고, 어떤 사람이 우리의 기대를 저버렸다고, 우리가 실수를 했다고, 이런저런 약점을 가졌다고 불평하며 계속 실망 속에 머물러 있어서는 안 됩니다. 그것은 결국 나를 해치게 됩니다. 우리는 실망과 화해하고 그 안에 담긴 기회, 즉 나의 본모습과 나에게 실망을 준 사람들의 진실을 직시할 기회를 놓치지 말아야 합니다. 실망은 그동안 감고 있던 눈을 뜨게 해 나 자신과 타인 그리고 상황을 더 현실적으로 마주하고 대처할 수 있게 합니다.

저는 지난 35년간 수도원에서 재무 담당으로 일하면서 실망하는 일이 많았습니다. 사람들을 도왔지만, 감사는커녕 비판받을 때도 있었고, 사람들의 요구와 기대가 점점 더 커지는 경험도 했습니다. 실망감에 마음이 닫히거나 냉소적으로 변하려 할 때 그러지 않으려는 노력은 제게 무척이나 힘든 영적 도전이었습니다. 실망감은 제가 제 삶에서 무엇을 원하는지 스스로 의구심을 갖게 만들었습니다.

'나는 무엇을 원하는가? 존중과 인정?'
'겉으로 드러나지 않더라도, 나는 실망에 아랑곳하지 않

고 자신감을 갖고 주변을 신뢰와 믿음으로 채우고 싶은가?'

실망은 우리를 자기중심적 경향에서 해방시킵니다. 중요한 건 상대의 인정을 바라기보다 자기 본성과 이상에 얼마나 부합하느냐입니다. 실망의 경험을 통해 우리는 이기적 경향에서 벗어나 의로운 희생정신이라 할 수 있는 '예수 그리스도의 정신'을 점점 더 많이 받아들이게 됩니다. 그러나 이런 태도가 다시 이상화되지 않도록 조심해야 합니다.

때때로 내 안의 많은 것들이 이런 가르침을 받아들이려는 노력을 가로막고 있음을 저는 계속해서 경험합니다. 우리는 모두 이 사실을 겸손하게 받아들여야 합니다. 말하자면 내 강점과 약점 속에서 그리스도의 정신을 흡수하는 것입니다.

(혐오)

정신적인 구토

우리는 '혐오'라는 단어를 입에 올릴 때 벌써 불쾌함을 느낍니다. 혐오란 어떤 것에 거부감이 든다는 뜻입니다. 혐오의 가장 강렬한 형태는 구토를 유발하는 자극입니다. 독일어로 '혐오'라고 번역되는 두 개의 프랑스어가 있는데, 프랑스의 신학자이자 고고학자인 테야르 드 샤르댕이 특히 이 두 단어를 자주 사용했습니다.

그중 하나는 'dégout'로 '역겨운 맛이 나다'라는 뜻인데, 거부감이나 불쾌감을 비유할 때 씁니다. 다른 하나는 'nausée'라는 의학용어로, 음식 때문에 생기는 구토를 뜻합니다. 이 단어는 배를 뜻하는 'naus'와 'navis'에서 왔습니다. 즉 구토를 일으키는 뱃멀미를 의미합니다. 장 폴 사르트르는 자신의 소설《구토》에서 삶에 대한 거부감을 현대인의 특징으로 묘사합니다. 라틴어에도 'taedium vitae'라는 유명한 관용구가 있는데, 이는 '삶에 대한 혐오'나 '권태'를 뜻합니다.

언어가 전달하는 감정들을 우리는 일상생활에서도 경험합니다. 예를 들어 우리는 곰팡이가 핀 빵 같은 상한 음식을 보면 구역질이 납니다. 어느 땐 멀쩡한 음식인데도 그 순간의 감정과 맞지 않아 거부감이 들기도 합니다. 때로는 이런 내면의 저항을 따르는 편이 좋을 때도 있습니다. 거부감을 일으키는 음식을 억지로 먹으면 결국 토하게 될 수도 있기 때문입니다.

우리는 정돈되지 않은 지저분한 방이나 악취가 나는 사람에게도 혐오감을 느낍니다. 이러한 것들은 우리 안에 부정적인 감정을 불러일으킵니다. 예수님이 보여준 이웃 사랑을 기억하고 선입견 없이 대하려 애쓰지만 쉽지 않습니다. 내 안의 혐오감이 이웃 사랑보다 더 강한 감정이기 때문입니다. 그래서 우리는 방어벽을 치게 됩니다. 혐오감을 주는 대상으로부터 자신을 보호하기 위해 뒤로 물러나는 것이지요.

혐오감은 주로 후각, 미각, 시각을 통해 전달됩니다. '정신적인 혐오감'도 있습니다. 우리는 잔인한 행동, 폭력, 비열함, 음모 등에 강한 거부감을 느낍니다. 우리의 건전한 상식과 인간성에 반하는 모든 것에 '도덕적인 혐오감'을 느낍니다. 예를 들면 부유한 사람들이 자신의 부를 지나치게 뽐내는 것에 대해서도 우리는 혐오감을 느낍니다.

오늘날 우리는 일상적으로 삶에 대한 혐오나 권태를 경험합니다. 삶에 대한 흥미를 잃고 삶을 혐오하며, 자기 삶에 환멸을 느끼는 사람들이 있습니다. 토마스 아퀴나스는 삶에 대한 혐오나 권태를 기독교 역사에서 전해 내려온 7가지 죄악 중 하나로 여겼습니다. 그는 이것을 'Acedia', 즉 '나태'나 '무기력함'에 속한다고 보았습니다. 이러한 태도를 가진 사람은 우리 삶과 신이 선물한 모든 구원과 기쁨을 거부합니다. 삶으로부터 자신을 고립시키고, 결국 자기 안에 갇히게 됩니다. 이러한 고립 속에서 외부의 모든 것을 거부하고 혐오합니다.

혐오감은 경고 기능을 갖기도 합니다.
그러나 그 감정이 내 삶에 대한 혐오로

우리의 과제는 혐오를 적절히 다루는 것입니다. 종종 다름에 대한 내적 거부감이 혐오감으로 표현될 때도 있습니다. 혐오감은 우리에게 어떤 음식이 좋은지, 어떤 장소가 편한지, 어떤 사람과 함께 있기를 원하는지를 알려줍니다. 그렇기 때문에 내 안의 혐오를 무작정 배척하지 않는 것이 좋습니다. 그러나 사람에 대한 혐오를 고정관념으로 갖지는 말아야 합니다. 혐오는 우리 마음의 첫 번째 반응일 뿐이니까요. 그런 다음에는 혐오의 감정을 일으키는 사람을 받아들이고, 그의 신성한 존엄성을 발견하는 것이 중요합니다. 그리고 혐오감을 일으키는 사람에게 그의 태도가 다른 사람뿐 아니라 그 자신에게도 해가 된다는 사실을 알려줘야 합니다.

혐오가 삶에 대한 권태나 싫증이 되지 않도록 주의해야 합니다. 그러기 위해서는 이 감정을 더 잘 살펴봐야 합니다.

우리는 삶에 대한 우리의 기대가 현실과는 다르기에 혐오감을 느낍니다. 삶을 위한 결정을 내리려면 가장 먼저 현실과 이상 사이의 괴리에서 벗어나야 합니다.

적대감
그림자의 도발

적대감이라는 뜻의 독일어 'Feindseligkeit'의 'Feind적, 원수'는 'Hass증오, 미움'과 어원이 같습니다. 미워하는 사람, 미움을 받는 사람이 바로 적입니다. 상대가 나를 미워하기 때문에 나도 상대를 미워합니다. 적대감은 글자 그대로만 보면 '미워하는 사람Feind'이 그런 '미움에 만족seligkeit한다'는 것을 의미하는 것처럼 보이지만, 이는 이 단어의 원래 뜻과는 맞지 않습니다. 'selig'는 'sal'의 파생어로 '상태'를 나타낼 때 씁니다. 이를테면 슬픔Trübsal에 빠진 사람은 슬프다trübselig라고 하고, 곤궁Mühsal을 짊어진 사람은 곤궁하다mühselig라고 합니다. 따라서 적대감은 상대를 미워하고 적대시하는 상태를 말합니다. 적대감을 가진 사람은 기본적으로 미움의 감정을 가지고 모든 사람을 대합니다. 그러나 특정인을 만났을 때만 생기는 적대감도 있습니다. 평소 친절하고 쾌활한 사람일지라도 특정한 사람에게만 깊은 적대감을 느끼는 경우입니다.

> 적대감을 가진 사람은 상대와 대화하지 않습니다.
> 대화 도중 자신의 적대감을 들킬까 봐
> 두렵기 때문입니다.

중요한 것은 이런 적대감을 어떻게 처리하느냐입니다. 만약 세상 모든 것과 모든 사람에게 늘 적대감을 느낀다면, 스스로에게 자신의 삶에서 무엇을 기대하는지 물어봐야 합니다.

'나는 어떤 삶을 원하는가?'
'지금 내 삶과 상황이 정말로 내가 적대감을 느끼는 대상의 책임일까?'
'이제부터라도 나는 지금과는 다른 삶을 살아야 하는 걸까?'

결국 적대감은 자신과 삶 그리고 지금의 현실을 인정하고, 헛된 환상을 버리라는 신호로 받아들일 수 있습니다. 만약 단지 특정인에게만 적대감을 느낀다면, 성급한 평가와 판단을 내리기 전에 우선 자신의 감정을 가만히 살펴봐야 합니다.

'이 사람을 보면 왜 적대감이 생길까?'
'이 사람은 내게 무엇을 떠올리게 하는가?'
'이 사람의 무엇이 내게 적대감을 일으키는가?'

그러면 상대가 갖고 있는 불쾌한 면모가 사실은 내 안에도 있다는 것을 알게 됩니다. 이때 첫 번째 과제는 나 자신에 대한 적대감을 버리고, 있는 그대로의 자신을 받아들이는 것입니다. 내가 나 자신과 화해하면, 상대에 대한 적대감은 저절로 누그러질 것입니다. 자비의 눈으로 상대를 바라보면 상대는 내가 미워하는 적이 아니라, 그저 내가 싫어했던 내 그림자를 떠올리게 하는 대상임을 알게 됩니다. 이때 상대는 내게 적이 아니라 도전 과제가 됩니다. 나는 그림자를 가진 나 자신을 인정해야 합니다.

소통을 거부하는 것은 인간성의 파산 선고와 같습니다.

경제 분야에서는 적대적 인수합병이라는 말을 사용합니다. 적대적 인수합병은 다른 기업을 인수할 때, 상대 기업과 협력하거나 대화하지 않고 오로지 그 기업을 사들이고 인수하는 것을 의미합니다. 이 과정에서 상대 회사와 직원들의 뜻을 무시하고, 협상과 거래의 여지를 두지 않습니다. 대화 거부가 곧 적대감입니다. 적대감을 가지고 상대를 적으로 만들고, 이를 근거로 상대와의 대화를 거부하는 것입니다. 그러면 나의 적대감은 내가 옳다는 확신을 갖게 하며, 나와 생각이 다른 사람들과는 대화할 수 없다고 믿게 합니다. 그러나 모든 혼란의 근원은 나의 적대감 때문이지, 상대의 무능력 탓이 아닙니다. 실제로 상대에게 적대감을 가진 사람은 대화 도중 자신의 감정이 드러나는 게 두려워 상대와 대화하지 않습니다. 그래서 이런 사람은 마치 탱크 뒤에 숨어 상대를 공격하듯 적대감 속에 자신을 숨긴 채 다른 사람들을 향해 총을 쏩니다. 그러나 이러한 행위는 인간성 상실을 선언하는 것과 같습니다.

(복수심)

고삐 풀린 망아지

누군가에게 깊은 상처를 받으면 우리 안에 복수심이 생깁니다. 상대에게도 똑같이 상처를 주거나 내가 받은 상처에 상응하는 피해를 입히고 싶어 합니다. 복수심은 강력한 내적 역학 현상으로, 그 끝을 알 수 없을 만큼 커지고, 통제되지 않으며, 고삐 풀린 망아지처럼 무절제해지는 경향이 있습니다.

상처가 깊을수록 복수심도 강해집니다. 우리는 복수심에 사로잡히면 가장 잔인한 방법으로 상대를 괴롭히려고 궁리합니다. 복수심에 이끌리면 우리는 상상 속에서뿐만 아니라 실제로도 경솔한 짓을 저지를 수 있습니다. 억울함을 풀고 모든 것을 다시 바로잡고자 하는 의도에도 불구하고, 복수의 충동은 종종 자의적이고 불공정합니다.

복수심은 공격성을 낳습니다.

고대 신화 속 영웅들을 생각해 보십시오. 복수심에 사
로잡히면 그들도 격분합니다. 그리고 분노와 광기에 휩싸
여 거대한 힘을 쏟아냅니다. 당연히 복수심은 고대 원시
사회의 문제만은 아닙니다. 상처를 받았다는 기분이 드는
순간 저절로 복수심이 솟구칩니다. 우리는 이를 막을 수
없습니다.

그러나 복수심을 어떻게 처리하느냐는 전적으로 우리의
선택에 달렸습니다. 복수심에는 불의에 맞서 싸우고 정의
를 구현하려는 욕구가 있습니다. 무너진 정의를 다시 세우
려는 것이지요.

또한 복수심은 공격성을 낳습니다. 이 공격성 안에는 긍
정적 힘도 있습니다. 이 힘 덕분에 우리는 희생자로 머물
지 않고 희생자 역할에서 벗어날 수 있습니다. 그러나 복
수심이 제멋대로 날뛰게 두면, 우리가 오히려 가해자가 되
어 상대방을 희생자로 만듭니다. 이는 결코 좋은 방향이라
고 할 수 없습니다. 여러분이 만약 복수심을 느낀다면, 여

러분에게 상처를 준 사람을 마음에서 추방하고 그의 영향력에서 벗어나라는 신호로 받아들여야 합니다.

공격성 안에는 긍정적 힘도 있습니다.
이 힘 덕분에 우리는 희생자로 머물지 않고
희생자 역할에서 벗어날 수 있습니다.

상상 속에서 복수심을 불태울 때도 있습니다. 가령 우리는 우리를 모욕하거나 상처 준 사람을 어떻게 끝장낼지 상상합니다. 때로 이런 복수 판타지는 아주 잔인해지기도 합니다. 상대를 똑같이 모욕하고 싶어 하며, 더 나아가 죽이고 싶다는 생각이 들 때도 있습니다. 다행히 상상으로만 끝나는 복수는 우리가 상대방과 거리를 두게 합니다.

복수심에 휘둘려서는 안 됩니다. 심리학자 카를 융은 복수 판타지의 고삐를 놓치지 말라고 경고합니다. 우리가 복수의 고삐를 놓치면 상상 속에서 인간성과 가치를 잃게 되고, 이는 현실에서도 해롭고 부실세한 행동으로 이어질 수 있기 때문입니다.

그렇다고 복수심을 무조건 억누르라는 건 아닙니다. 복

수심이 생겼다는 것은 우리가 얼마나 깊은 상처를 받았는지를 나타내는 신호이기 때문입니다. 이때 우리는 분노의 감정을 의식적으로 바라보면서 상처로부터 자신을 어떻게 보호할지 그 방법을 숙고해야 합니다.

우선 상대방에게 내 경계를 명확히 알려야 합니다. 거기서부터 자기 보호가 시작됩니다. 법적 처벌도 한 가지 보호 수단이 될 수 있습니다. 법적 처벌은 궁극적으로 복수의 욕구에서 시작되었고, 앙갚음의 욕구에서 결정된 것이니까요.

그러나 우리는 복수를 직접 해선 안 됩니다. 성경에서는 진정한 복수는 우리의 몫이 아니라 하느님이 행하는 것이라고 반복해서 가르칩니다.

상처받은 감정과 정의 실현 욕구를 신에게 맡기십시오. 그분이 악인을 벌하고 정의를 다시 세울 것입니다. 시편을 보면, 복수심과 복수의 감정은 하느님이 정의를 실현시켜 주리라는 갈망으로 바뀝니다. 복수 욕구를 신에게 맡기면 감정이 변할 수 있습니다.

복수심이 제멋대로 날뛰게 두면,

우리가 오히려 가해자가 되고
상대방을 희생자로 만듭니다.

억눌린 감정은 표출된 감정만큼 해롭습니다. 반대로 기도로 표현된 복수심은, 신이 다시 정의를 세울 것이고, 장기적으로 볼 때 악인들이 오래가지 못할 것이라는 믿음으로 변할 수 있습니다. 신은 가난한 자 편에 서고, 그들을 억압하는 자에게서 힘을 빼앗습니다. 성경에서 그렇게 약속하고 있습니다.

경계를 알려주기

분노는 기본적으로 격앙된 감정이자 공격성의 한 형태입니다. 그리고 공격성은 우리 삶의 일부이자 중요한 생명에너지입니다. 그런 의미에서 공격성은 부정적인 의미가 아닙니다. 공격성이 있어야 상대와 나 사이에 적절한 거리를 조절할 수 있기 때문입니다.

만약 내 마음이 공격적으로 변했다면, 그것은 누군가가 내 경계선을 침범했다는 신호입니다. 이때 공격성은 내 경계를 지키기 위해 나를 움직이게 하는 힘이 되어야 합니다.

분노는 매우 강렬한 감정입니다. 누군가 내 경계를 넘어오면 나는 분노하게 됩니다. 그 분노는 나로 하여금 침범한 사람을 죽이게 할 수도 있습니다. 위대한 그리스 시인 호메

로스는 《일리아스》에서 이러한 사실을 일깨워 줍니다. 영웅 아킬레우스는 헥토르가 자신의 친구 파트로클로스를 죽였을 때 분노에 휩싸였습니다. 이 분노는 흥분한 아킬레우스에게 초인적인 힘을 줍니다.

격분은 분노의 친척쯤 됩니다. 격분 또한 강렬한 감정입니다. 심리학에서는 이를 '원시적 감정'이라고 부릅니다. 격분은 맹목적이고 폭발적이며 통제가 불가능합니다. 또한 그 대상이 무생물일 수 있습니다. 탁자 모서리에 부딪힌 아이가 그 탁자를 때리는 행동은 격분의 감정을 보여주는 예입니다. 반면 분노의 대상은 늘 사람입니다. 분노의 감정은 사람을 상대로 생깁니다. 분노는 사람을 격하게 자극하여 모든 한계를 넘어 과도하게 행동하게 하거나, 심지어 살인 행위까지 이르게 할 수도 있습니다.

성경은 '거룩한 분노'에 대해 이야기합니다. 하느님은 인간이 죄를 짓고 하느님으로부터 멀어지면 분노합니다. 예수님도 이러한 분노를 느낍니다.

유대인의 유월절이 가까워져서 예루살렘에 올라갔을 때의 일입니다. 예수님은 성전 뜰에서 소와 양과 비둘기를 파는 사람들과 돈을 바꾸어 주는 사람들이 앉아 있는 것을 보고, 노끈으로 채찍을 만들어 양과 소와 함께 그들을 모두 성전에서 내쫓고, 돈 바꾸어 주는 사람들의 돈을 쏟아버리고, 상을 뒤엎습니다. 비둘기를 파는 사람들에게는 "이것을 걷어 치워라. 내 아버지의 집을 장사하는 집으로 만들지 말라"고 말합니다. 이렇게 예수님이 분노하여 채찍으로 상인들을 성전에서 내쫓을 때, 제자들은 시편 69편의 "당신에 대한 열정이 저를 집어삼킬 것입니다"(요한 2, 17)라는 말씀을 상기합니다.

마르코복음에는 안식일에 병자를 고치지 못하게 방해하려는 바리새인들을 예수님이 성난 얼굴빛으로 둘러보는 장면이 묘사되기도 합니다.

"그분께서는 노기를 띠고 그들을 둘러보았다. 그리고 그들의 마음이 완고한 것을 몹시 슬퍼하면서…"(마르 3, 5)

예수님은 소리를 지르지 않습니다. 폭발하지도 않습니다. 분노에 사로잡히지도 않습니다. 예수님의 분노는 바리새인들로부터 거리를 두고, 그들의 완고한 마음에 물들지 않으며, 조종당하지 않는 힘입니다. 분노는 옳다고 여기는 것을 행하게 하는 힘입니다. 예수님은 손이 오그라든 남자에게 손을 내밀라고 말합니다. 이때의 분노는 예수님이 고유한 힘, 즉 치유의 힘을 발휘하게 하는 원동력입니다.

> 강력한 행동을 단행하는 데 분노를 이용하는 것은
> 분노에 사로잡혀 휘둘리는 것과는
> 근본적으로 다릅니다.

분노는 우리를 격앙시켜 나중에 후회할 행동을 저지르게 할 수도 있습니다. 분노는 너무 강렬한 감정이어서 우리의 이성을 가로막거나 완전히 마비시킬 수 있습니다. 이는 상대방에게만이 아니라 우리 자신에게도 해를 끼칠 수 있습니다. 분노에 사로잡혀 상대에게 욕을 퍼붓거나, 더 나아가 활이든 총이든 상황에 따라 무기를 손에 들고 이성에 반하는 행동을 할 수 있기 때문입니다.

예수님의 분노는 바리새인들로부터 거리를 두고 그분이 옳다고 여기는 일을 행하도록 이끕니다. 우리도 분노를 이렇게 이용할 수 있습니다. 마음에서 강렬한 분노가 일어나면 이는 누군가가 우리의 경계를 침범했다는 신호입니다. 이때 우리는 분노를 억누르지도 말고, 그것에 휘둘리지도 말아야 합니다. 분노에 휩쓸려 이성의 스위치를 꺼서도 안 됩니다. 오히려 분노를 우리의 공격성을 적절하게 다루어야 할 때임을 알려주는 신호로 이해해야 합니다.

그렇다면 분노가 치솟을 때 우리는 어떻게 해야 할까요? 우리가 해야 할 일은 내 경계를 확실히 하고, 상대방에게 넘지 말아야 할 경계를 명확히 알려주는 것입니다. 당연히 분노에 지배당하지 않고 이성적으로 행동해야 합니다. 분노를 우리에게 도움이 되는 힘의 원천으로 활용해야 합니다. 분노 때문에 감정의 중심을 잡지 못하고 통제력을 잃어선 안 됩니다.

강력한 행동을 단행할 때 분노를 이용하는 것은 분노에 사로잡혀 지배당하는 것과는 근본적으로 다릅니다. 이때 우리의 분노는 사람들을 치유하는 거룩한 분노가 될 수 있습니다. 예수님은 우리가 분노를 어떻게 다루어야 하는지 모범을 보여주었습니다. 이제 우리는 분노를 삶을 보호하고, 우리 삶을 위해 싸우는 힘으로 바꿔야 합니다.

파괴적인 에너지

증오에는 뿌리 깊은 악의가 담겨 있습니다. 우리는 이렇게 파괴적인 감정이 자기 안에 있음을 고백해도 될까요? 과연 미워하는 마음에도 일말의 긍정적인 면이 있는 걸까요?

한 여성이 저를 찾아와 자신의 남편이 알코올 중독이라며 하소연했습니다. 남편은 예측 불가능하고, 대화도 통하지 않으며, 어떤 말도 들으려 하지 않는다며 이렇게 말했습니다.

"어느 땐 남편을 정말 증오하게 돼요."

그 여성은 이렇게 털어놓고는 금세 자책했습니다.

"가톨릭 신자로서 증오하는 마음을 품다니, 이러면 안 되는 거잖아요. 전 형편없는 신자예요."

옛날 수도자들은 이렇게 생각하지 않았습니다. 내 안에 증오심이 생기는 건 어쩔 수 없는 일입니다. 그러나 증오하는 마음을 어떻게 다루는지는 나의 책임입니다. 증오심을 부정하고 억누르면, 그 마음은 내 안에서 어깃장을 놓으며 더 해를 끼치게 됩니다. 증오심은 내 몸을 병들게 하거나 내 행동에 무의식적으로 영향을 미칠 것입니다. 반대로 증오심을 다 표출하면 다른 사람들은 물론이고 나 자신에게도 해를 끼치게 됩니다. 증오심을 품은 사람은 추해집니다. 그런 사람은 매력을 잃게 됩니다. 추해지면 사람들이 멀어집니다. 증오는 일그러진 얼굴을 만듭니다. 내 증오로 인해 나는 다른 사람들을 추하게 만들 뿐만 아니라, 그들에게서 존엄성을 빼앗습니다.

때로는 사랑이 증오로 변하기도 합니다. 어떤 사람을 매우 사랑했음에도 그가 나를 실망시키고 내 사랑을 배신하면, 사랑은 정반대 감정인 강렬한 증오로 바뀝니다. 사랑이 파괴적인 에너지로 바뀌는 사례는 주변에 많습니다. 신문만 펼쳐봐도 쉽게 찾을 수 있습니다. 어떤 남자가 자신의 전 부인과 그녀의 새 남자친구를 증오심 때문에 살해한 사건들이 빈번하게 보도됩니다.

증오는 우리 눈을 멀게 합니다. 증오심은 우리로 하여금 어리석은 행동을 저지르게 해 파괴와 파멸을 초래합니다. 증오가 우리의 이성을 마비시키고 광기에 휩싸이게 합니다. 증오는 파괴적이며 치명적일 수 있습니다. 카인은 동생 아벨을 미워했고, 결국 동생을 죽였습니다. 증오는 나와 상대방 모두를 파괴합니다. 증오심에 사로잡힌 사람은 자기 자신에 대한 통제력을 잃을 뿐만 아니라, 스스로 추악한 사람이 됩니다. 이런 사람은 주위에 미움을 퍼뜨리고 공동체를 파괴합니다.

> 증오심이 생기는 건 어쩔 수 없는 일입니다.
> 그러나 증오하는 마음을 어떻게 다루는지는
> 나의 책임입니다.

증오는 폭력을 퍼뜨리고 테러의 씨를 뿌립니다. 1977년 프랑크푸르트 도서전에서 폴란드 철학자 코와코프스키는 평화상을 수상했습니다. 당시 전 세계는 납치와 살해를 일삼는 테러의 공포에 휩싸여 있었습니다.

코와코프스키는 증오가 '제도적 장치로 없앨 수 없는 특수한 혐오'라고 했습니다. 그러면서 이렇게 말했습니다.

"우리 각자가 악과 스스로 거리를 두어 사회 전체가 증오와 거리를 두는 데 기여해야 한다. 이렇게 해서 우리는 불확실하고 불안하지만 좀 더 견딜 만한 삶을 예고해 나가야 한다."

어떻게 증오심에 사로잡히지 않고 그 파괴적인 힘을 다룰 수 있을까요? 증오는 가장 강도 높은 공격성입니다. 따라서 증오는 건강한 공격성으로 전환되어야 합니다.

남편에 대한 증오 때문에 자책하던 여성에게 저는 이렇게 말했습니다.

"증오심을 함부로 표출하지 마세요. 그렇지 않으면 증오가 당신과 남편 모두를 불행하게 할 것입니다. 그렇다고 증오를 억누르지도 마세요. 당신이 증오를 느끼는 데는 다 이유와 의미가 있습니다. 증오는 당신에게 남편과 거리를 두라고 용기를 북돋아 주는 감정입니다. 증오는 당신에게 '나도 행복하게 살 권리가 있다. 나는 제멋대로인 남편의 행동으로부터 나 자신을 보호해야 한다'고 말하는 것입니다. 이렇게 증오의 감정을 이해하면, 증오는 자신감과 명료함, 자유로 바뀝니다."

예수님은 종종 증오심에 대해 이야기합니다. 예수님은

"너희가 내 이름 때문에 세상에서 미움을 받을 것이다"(마태 10, 22)라고 말했습니다. 예수님의 제자들이 진짜 현실을 보여주기 때문에, 세상 사람들이 그들을 견디지 못하는 것입니다. 예수님은 우리에게 이렇게 요구합니다.

"너희 원수를 사랑하라. 너희를 미워하는 자들에게 잘 대해 주라. 너희를 저주하는 자들을 축복하라. 너희를 학대하는 자들을 위하여 기도하라."(루카 6, 27-28)

나를 미워하는 사람을 사랑하라는 것은 과도한 요구처럼 보입니다. 그러나 원수가 나를 미워한다면, 그것은 원수가 자기 안에 있는 뭔가를 내게 투사하여 그것을 미워한다는 뜻입니다. 원수를 사랑하라는 말은, 내가 수동적으로 머리를 숙이고 모든 것을 감내하라는 뜻이 아닙니다. 사랑은 능동적인 것입니다. 그리하여 상대방의 증오와 적대감을 꿰뚫어 보게 합니다. 상대 안에서 자기 자신을 미워하고 자기 자신과 화해하지 못하는 불쌍한 사람을 보게 합니다.

사랑한다는 것은 상대 안에 있는 선한 씨앗을 믿는 것입니다. 그리고 이런 사랑은 선한 행동으로 표현됩니다. 먼저 다른 사람에게 베풂으로써, 나는 그가 자기 안에 있는 선함을 믿을 기회를 제공하게 됩니다. 그러므로 원수에게 잘 대해 주고, 그를 축복하며, 그를 위해 기도하십시오. 축복은 원수로부터 나 자신을 보호합니다. 축복을 통해 나는 희생자 역할에서 벗어날 수 있습니다. 나는 더 이상 나를 미워하는 원수의 희생자가 아닙니다. 나는 그에게 적극적으로 선한 에너지를 보내며, 그것이 상대를 변화시킬 것을 믿습니다.

예수님은 우리가 원수의 증오로부터 자신을 보호하고, 사랑과 선행, 좋은 말과 기도를 통해 증오를 변화시키는 능력을 가지고 있다고 믿었습니다.

그러나 예수님은 또 다른 맥락의 증오에 대해서도 말합니다.

"누구든지 나에게 오면서 자기 아버지와 어머니, 아내와 자녀, 형제와 자매, 심지어 자기 목숨까지 미워하지 않으면 내 제자가 될 수 없다."(루카 14, 26)

대부분의 사람들은 그리스어 'misein'을 '무시하다, 얕보다'로 번역합니다. 그러나 이 단어의 원래 뜻은 '미워하다'입니다. 마태오복음에서는 이를 좀 더 순화하여 'philein hyper~', 즉 '~보다 더 많이 사랑하다'로 기록했습니다.

"아버지나 어머니를 나보다 더 사랑하는 사람은 나에게

합당하지 않다. 아들이나 딸을 나보다 더 사랑하는 사람도 나에게 합당하지 않다."(마태 10, 37)

심리학적으로 보면, 이때의 미움은 부모와 형제자매로부터 거리를 두고 자신의 길을 가는 것을 의미합니다. 여기서 미움은 가족 간 갈등을 정당화하는 것이 아니라, 가족과 지나치게 강한 결속에서 벗어나 자신의 삶을 사는 용기를 의미합니다. 또한 자기 목숨까지 미워하라는 것은 자기를 혐오하라는 뜻이 아닙니다. 자기혐오는 파괴적이기 때문입니다. 이는 자살까지도 야기할 수 있습니다. 여기서는 오히려 자신과 거리 두기, 즉 자신의 욕구와 감정에서 물러서기를 뜻합니다.

예수님의 이 말은 제게 나의 모든 감정과 생각, 열정, 특히 증오로부터 거리를 두고, 증오와 적대감에서 벗어나 예수 그리스도의 자비와 사랑으로 마음을 채우라는 의미로 다가왔습니다.

여기서 증오는 긍정적인 의미를 갖습니다. 증오는 거리를 두는 기술이자, 누구에게도 사로잡히지 않고 하느님의 나라를 내 안에 누는 것입니다. 내 안에 하느님이 있으면, 나는 진정으로 자유로워집니다.

그러므로 증오심을 다루는 영적 기술은 증오를 함부로

표출하지도 억누르지도 않으며, 오히려 그것을 자기 확신과 자유로 변화시키는 것입니다. 그것은 사랑과 축복, 기도를 통해서 이루어집니다. 무엇보다 나를 지배하려는 것과 거리를 두기 위해서는 증오의 힘을 이용해야 합니다. 예수님은 이런 맥락에서 증오의 긍정적 힘, 즉 내 안에 이미 존재하는 하느님 나라(루카 17, 21)를 향해 마음을 열게 하는 증오의 힘을 본 것입니다.

괴로움

마음의 동요

대화를 하다 보면 "나는 상처받았어"라는 말을 종종 듣습니다. 독일어 'kränken상처를 주다'은 '(마음을) 상하게 하다, 모욕하다, 원한을 품게 하다, 화나게 하다' 등의 의미를 내포합니다. 그러므로 괴로움은 상처를 주는 말, 모욕적인 태도, 해를 입히는 행동 등에 대한 감정적인 반응입니다. 우리는 상처받으면 아플 때처럼 지치고 기운 없고 쇠약해진 기분이 듭니다. 아무 힘도 없고 살아갈 용기도 낼 수 없습니다. 뭔가를 새롭게 시작할 의욕도 사라지고, 몸이 마비된 듯하며, 마음의 혼란과 동요를 느낍니다.

괴로움은 상대가 정말로 나를 의도적으로 상처 입혔는

지 정확히 살펴보라는 신호일 수 있습니다. 상대가 정말로 나를 괴롭히는지, 일부러 내게 상처를 주려 하는지, 혹여 상대의 말이 내 아픈 곳을 건드린 건 아닌지, 또는 내 안에 잠들어 있던 상처가 그의 말 때문에 깨어난 건 아닌지 살펴봐야 합니다.

내가 스스로 못마땅해하는 내 모습을 다른 사람이 들춰내면, 그 사람이 상처를 줄 의도 없이 그냥 한 말이더라도 나는 괴로움을 느낍니다.

내가 받아들이기 어려운 부분에 대해 상대가 언급할 때, 나를 다치게 하려고 한 것도 아닌데도 불구하고 종종 내 안의 상처받고 모욕을 당했다고 느낀 어린아이가 울부짖는 것처럼 느껴집니다. 어린 시절 부모와 겪었던 경험을 상대의 말에 투사하기 때문입니다. 어쩌면 상대의 말투에서 아버지나 어머니의 말투를 듣는 것인지도 모릅니다. 그러면 상대의 의도와 상관없이 나는 괴로움을 느낍니다.

괴로움은 상대가 정말로 나를 의도적으로 상처 입혔는지 정확히 살펴보라는 신호일 수 있습니다.

이때 내 감정을 상대에게 표현하는 것이 좋습니다. 이때 비난을 담아 말하면 안 됩니다.

"네가 나에게 상처를 주었어"라고 표현하는 대신 "나는 네 말에 상처받았어"라고 '당신'이 아니라 '나'를 주어로 내 감정을 전달하는 것이 좋습니다.

그러면 상대는 자기가 한 말 속에 혹여 상처를 줄 의도가 있었는지 돌아볼 기회를 갖게 됩니다. 어쩌면 그는 좋은 뜻으로 한 말이 본의 아니게 상대를 자극했음을 알아차릴 수도 있습니다. 그러므로 상대를 죄인으로 만드는 대신 자신의 괴로움을 털어놓는 것이 중요합니다.

반대로 상대가 내게 상처 입은 마음을 표현하면, 나는 상대의 기분을 상하게 할 수 있는 말과 상대가 과거의 상처에서 아직 스스로 해결하지 못한 부분이 무엇인지 섬세하게 감지할 수 있게 됩니다. 그러면 나는 바로 사과할 수 있습니다.

"미안해요, 상처 주려는 의도는 없었어요."

또는 죄책감을 느낄 필요 없이, 상대의 상처를 이해하면 됩니다. 나는 그를 이해하게 되고 앞으로는 좀 더 조심스럽게 소통하게 될 것입니다. 그러니 상처 때문에 괴로운 마음이 들면, 우선 그 감정을 진지하게 받아들이고 그 근원

상대의 말이 내 아픈 곳을 건드린 건 아닌지,
또는 내 안에 잠들어 있던 상처가
그의 말 때문에 깨어난 건 아닌지 살펴봐야 합니다.

을 찾아야 합니다. 그리고 상처받은 바로 그 지점의 자신을 받아들여야 합니다.

존엄성을 지키는 보호막

우리는 잘못을 저지르거나 다른 사람들 앞에서 결점이 드러날 때 부끄러워합니다. 또 누군가가 알몸을 보았을 때도 부끄러워합니다. 이처럼 창피를 당하거나 체면이 깎이면 부끄럽습니다. 독일어로 부끄러움을 뜻하는 'Scham'은 고대 그리스어 'aidos'에서 유래되었는데, 이는 귀중한 것 앞에서 느끼는 조심스러움, 신에 대한 두려움, 특히 존경받는 사람에 대한 경외심을 뜻합니다.

'aischyne'에서 유래한 'Schande수치심'라는 단어도 있습니다. 이 단어는 도덕적, 사회적 부끄러움을 뜻하며, 불명예와 관련이 있습니다. 우리는 다른 사람들에게 웃음거리가 되거나, 누군가 화나게 한 당사자가 되거나, 우리 때문에 누군가 창피를 당할 때 부끄러워합니다.

창세기의 에덴동산 이야기에서 아담과 이브는 자신들이 벌거벗었다는 사실을 깨닫고 부끄러워합니다. 그래서인지 부끄러움은 종종 성性과 연결되곤 합니다. 우리는 알몸을 부끄러워하고, 우리의 성기가 드러나는 것을 부끄러워합니다. 그래서 남에게 보이지 않게 가리고 조심스럽게 다루려 합니다.

그러나 부끄러움은 성에만 관련된 감정이 아닙니다. 그것은 실수와도 관련이 있습니다. 어떤 사람들은 자기가 원하는 모습이 아니라는 이유로 자신을 부끄러워합니다. 또 어떤 사람들은 자기 주변 사람들의 잘못 때문에 부끄러워하기도 합니다.

부끄러움은 수치심을 느끼게 하는 감정이기도 합니다. 우리는 부끄러움을 느낄 때 쥐구멍에라도 숨고 싶다는 표현을 씁니다. 어디든 숨어 다른 사람 눈에 띄지 않고 싶다는 뜻입니다. 자신의 실수를 견디기 힘들다는 것이지요.

반면 부끄러움은 내 인격과 내밀한 부분을 보호하는 방어막이 될 수도 있습니다. 여기에는 성적인 면뿐만 아니라 내 안의 비밀도 포함됩니다. 비밀이 폭로되어 다른 사람에게 알려지면 우리는 창피함을 느낍니다. 만약 상대가 믿을 만한 사람이라고 생각하면 우리는 부끄러움 없이 속마음을 모두 보여줄 수 있습니다. 그러나 내 비밀을 알게 된 사람들이 그걸 무기로 내 약점을 들추려고 할 때는 수치스러움이 생겨 그들로부터 나를 보호하려고 합니다.

창피를 당하면 부끄럽습니다. 예를 들어 부모가 친척들 앞에서 아이의 행동이나 말 혹은 아이가 무서워하는 것을 말하면, 아이는 창피해합니다. 그때 아이는 무방비 상태로 사람들 앞에 노출된 듯한 기분이 들고, 자신을 보호할 수 없다는 생각에 낭패감을 느낍니다. 숨기고 싶었던 것이 하필이면 가장 숨기고 싶은 사람들에게 폭로되는 순간 보호막이 무너진 것 같으니까요. 모두가 내 속마음을 훤히 볼 수 있는 건 상상조차 하기 싫습니다. 우리는 비밀이 유지되고, 우리 자신의 신성하고 내밀한 영역을 보호받고 싶어합니다. 여기에는 성은 물론이고, 우리의 개인적인 감정과 생각도 포함됩니다.

부끄러움이란 감정을 잘 살펴 그것이 언제 유용하고 언제 방해가 되는지 분명히 아는 것이 중요합니다.

우리는 다른 사람이 우리를 모욕하거나 멸시할 때도 부끄러움을 느낍니다. 성적 학대를 당한 이들이 느끼는 수치심이 가장 깊은 부끄러움(이때 피해자들이 느끼는 감정은 '성적 수치심'이 아니라 '성적 불쾌감'이라고 표현해야 맞다는 논의가 최근 활발하게 이루어지고 있음-편집자 주)일 것입니다. 수치심(불쾌감)은 다른 사람들뿐만 아니라 자신에게서도 스스로를 격리하고 마음의 문을 닫아버리게 합니다. 그러나 수치심(불쾌감)에 따른 의도적 격리나 고립은 피해자들이 내적으로 무너지는 것을 막기 위해 자신을 정신적으로 보호하는 방법일 수 있습니다. 그마저도 없으면 그들의 영혼은 부서질지도 모릅니다.

그러나 수치심(불쾌감)은 그들을 정서적으로 마비시킬 수도 있습니다. 따라서 모든 피해자들은 자신의 수치심(불쾌감)에 대해 이야기할 수 있어야 합니다. 하지만 말로 표현하는 도중에 또다시 상처를 입을 수도 있습니다. 그러므로 누군가와 수치심(불쾌감)에 대해 이야기할 때는 정말 신중해야 합니다. 수치심(불쾌감)은 인간에게 매우 귀중한 감정이지만 동시에 매우 연약하기 때문에 조심스럽게 다루어야 합니다. 이런 이유로 성적 학대의 피해자가 성인이 되어서야 자신의 수치심(불쾌감)에 대해 털어놓는 경우도 종종 있습니다.

우리는 때때로 과도한 칭찬을 받거나 주목을 받을 때도 약간 부끄러움을 느낍니다. 칭찬이 과분하다고 느끼기 때문입니다. 우리는 우리의 능력과 행동이 인정받게 되면 기쁘지만, 동시에 그것이 공공연하게 드러나는 것이 부담스럽기도 합니다.

심리학에서는 부끄러움을 인간에게 매우 중요한 감정으로 봅니다. 이 감정이 긍정적으로 작용하여 우리의 존엄성을 지켜주기 때문입니다. 부끄러움은 무엇이 우리에게 적절한지에 대한 감각을 알려줍니다. 그러나 우리를 수치스럽게 하고 삶에서 격리시키는 부끄러움도 있습니다. 오래전의 실수가 떠오르면 부끄러움에 굳어버리는 사람도 있습니다. 수치심은 그가 현재의 순간에 충실하지 못하게 합니다. 따라서 자신이 느끼는 부끄러움을 잘 살펴 그것이 언제 유용하고, 언제 걸림돌이 되는지를 분명히 아는 것이 중요합니다.

살아 있는 시체

유대인 작가 엘리 위젤은 나치 강제수용소에서 살아남은 후 이렇게 말했습니다.

"사랑의 반대말은 증오가 아니라 무관심이다."

위젤에게 가장 충격적이었던 것은 인간적인 감정이라곤 전혀 느낄 수 없었던 사형 집행인의 무관심이었습니다. 그에게 무관심은 비인간성의 절정으로 느껴졌습니다.

무관심을 뜻하는 독일어 'Gleichgültigkeit'의 'Gleich같은'는 'ge'와 'Leiche시체'가 합쳐진 단어입니다. 따라서 'Gleich'란 같은 몸, 같은 외형, 같은 시체라는 뜻입니다. 'gleichgültig무관심한'는 원래 'gleichwertig동등한 가치'와 동의어였습니다. 그러다 점차 '차별 없는, 중요하지 않은, 관심 없는'이라는 뜻이 덧붙여졌습니다. 모든 것에 무관심한 사람은 어떤 것에도 감정을 느끼지 못합니다. 이런 사람은 좋아하는 것도 없고, 아무것에도 흥미를 느끼지 못합니다. 결국 이런 사람은 무심한 구경꾼이 되어 스스로 고립시킵니다.

상대방의 무관심은 우리를 아프게 합니다. 상대방의 무관심을 감지하는 순간 우리는 그 사람을 비인간적이라고 느낍니다. 왜냐하면 인간은 다른 사람들과 공감하고, 관심을 가지는 것이 본성이기 때문입니다.

무관심한 사람은 사랑을 하지 못합니다. 이런 사람은 일이든 사람이든 외부에서 다가오는 모든 것에 무관심한 태도로 일관합니다. 그것은 그에게 아무런 의미가 없습니다. 결국에는 자기 안에 갇힙니다. 어느 누구도 그를 감정적 냉담함과 무관심에서 꺼낼 수 없습니다.

무관심은 사실 드러난 현상으로 볼 때 감정 없음에 관한 것입니다. 무관심한 사람은 아무것도 느끼지 못합니다. 이런 사람은 마치 아무것도 뚫고 들어올 수 없는 갑옷을 두르고 있는 것과 같습니다. 때로 그것은 보호막 구실을 합니다. 어쩌면 다른 사람에게 상처받거나 실망할까봐 두려워서 미리 차단하는 것일 수도 있습니다.

무관심은 종종 개인의 과거 경험에 원인이 있습니다. 그러나 갑옷을 입고 사방에 방어벽을 치는 방식으로 과거의 상처에 대처하는 것은 올바른 해결책이 아닙니다. 왜냐하면 그것은 모든 감정, 특히 활기와 사랑으로부터 자신을 단절시키고 고립으로 이끄는 길이기 때문입니다.

저는 종종 사람들에게 이렇게 묻습니다.

"당신은 무엇에 감동합니까?"
"무엇이 당신에게 기쁨을 주나요?"
"당신은 무엇에 열정을 느끼나요?"

놀랍게도 "없어요"라고 대답하는 사람들이 종종 있습니다. 저는 그 대답이 믿기 힘들어서 상대방이 관심을 가질 만한 분야, 예를 들면 자연, 등산, 음악, 음식, 포도주, 사랑 등에 대해 이야기를 나눠 보려 합니다. 그러나 그들은 그무엇에도 관심이 없습니다.

무관심한 사람은 자포자기 상태와 비슷합니다. 이런 사람은 자신의 삶에서 살아 있음과 사랑을 느끼지 못합니다.

오늘날 무관심이 확산되고 있습니다. 많은 사람들이 어떤 것에도 감정이 흔들리지 않고 '쿨'한 태도를 유지하는 사람이 멋지다고 생각합니다. 그러나 저는 그것이 정서적 빈곤을 나타낼 뿐이라고 생각합니다.

> 무관심한 사람은 자포자기 상태와 비슷합니다.
> 그는 자신의 삶에서 살아 있음과
> 사랑을 느끼지 못합니다.

페루에서 1년 동안 가난한 사람들을 위한 프로젝트에 참여했던 한 여학생이 제게 해준 이야기가 있습니다. 프로젝트를 마치고 집에 돌아왔을 때, 그녀는 친구들에게 그 경험에 대해 이야기를 들려주었습니다. 그러나 친구들은 아무런 관심을 보이지 않았습니다. 그저 날씨나 백화점 세일 얘기만 할 뿐이었습니다. 친구들의 무관심은 그녀에게 상처를 주었고, 진정한 빈곤이 어디에 있는지를 잘 보여주었습니다. 오늘날 우리는 물질적인 빈곤이 아니라 감정적 빈곤을 겪고 있습니다.

두 번째 강의 :
나도 몰랐던 내 안의 불편한 감정들

- '탐욕'에서 '메마른 감정'까지

탐욕

끝없는 갈증

불교에서는 탐욕을 모든 악의 뿌리로 여깁니다. 사람은 욕심 때문에 세속의 일에 집착합니다. 탐욕과 욕망에 사로 잡혀 자유를 잃습니다. 사도 바오로가 제자 티모테오에게 보낸 첫째 서간에서도 이를 확인할 수 있습니다.

"모든 악의 뿌리는 돈을 사랑함이니, 이를 탐내는 자들이 미혹을 받아 믿음에서 떠나 많은 고통을 자초하였도다."(1 티모 6, 10)

고대 그리스어에서는 'philargyria'는 '돈에 대한 사랑'이라는 뜻입니다. 그리스 신화에서는 탄탈로스를 탐욕스러운 인간의 상징으로 봅니다. 그는 탐욕을 부린 대가로 지하세계로 쫓겨나 벌을 받게 됩니다. 그 모습을 통해 우리는 탐욕의 결과를 볼 수 있습니다.

탄탈로스는 시원한 물이 흐르는 냇가에 서 있습니다. 그러
나 물을 마시려 고개를 숙이면 물은 말라버립니다. 머리 위
에는 과일이 가득 달린 가지가 늘어져 있습니다. 그러나 과
일을 따려고 손을 뻗으면 나뭇가지는 손이 닿지 않는 높이
로 올라가버립니다. 그렇게 탄탈로스는 영원한 갈증과 배고
픔에 시달리게 됩니다.

이 신화는 우리에게 탐욕스러운 사람은 충족감을 모른
다는 교훈을 줍니다. 항상 더 많은 것을 원하지만, 정작 자
신이 가진 것도 제대로 즐기지 못합니다. 먹고 마시는 것
조차 즐기지 못합니다. 점점 많이 먹고 마시다 취하거나
포만감을 느껴도 계속합니다.

탐욕의 이면에는 "부족하다"는 느낌이 자리 잡고 있습니
다. 이 때문에 결코 충분하지 않다고 느끼며, 그 빈틈을 메
우기 위해 더 많은 것을 얻으려 합니다. 그러나 탐욕스러
운 자는 아무리 많이 가져도 결코 내면의 공허함을 채울
수 없습니다.

> 욕심 많은 사람은 현재를 살지 못하고
> 언제나 미래만 바라보며 삽니다.

심리학자들은 탐욕의 원인을 어린 시절의 배변 훈련에서 찾습니다. 변을 보는 쾌감에 대한 집착이 성인이 된 후 돈에 대한 집착으로 이어진다는 겁니다. 항문기(정신분석에서 12개월에서 늦게는 36개월까지의 시기-옮긴이 주)를 만족스럽게 보내지 못한 아이는 어른이 되어서도 '항문기 고착증'을 보입니다.

탐욕스러운 사람은 아무것도 놓지 못하고 모든 것을 가지려 합니다. 때론 탐욕이 자존감 부족으로 나타나 식탐, 과도한 성욕, 쇼핑 중독으로 이어집니다. 탐욕은 그가 가진 것들에 대한 감사함을 느끼지 못하게 만들고, 언제나 부족하다고 느끼게 합니다. 그래서 그는 쇼핑몰을 돌아다니면서 옷이든 음식이든 가능한 한 많이 구매하지 않고는 못 배기게 됩니다.

탐욕스러운 사람은 결코 만족감을 느끼지 못합니다. 그는 항상 더 많이 먹고, 더 마시고, 더 사고, 더 소유하려는 끝없는 욕망을 가지고 있습니다. 그러나 아무리 많은 것을 소비해도 내적 공허에서 벗어나지 못합니다.

탐욕스러운 사람은 결코 현재를 살지 못하고 언제나 미래만 바라보며 삽니다. 먹고 있는 중에도 다음에 무엇을 먹을지 고민합니다. 물건을 살 때도 이미 다음에 살 물건을 생각합니다. 이런 사람은 저장고가 가득 차 있지 않으면 불안해합니다.

인색함도 욕심에 속합니다. 이런 사람은 아무것도 내주려 하지 않고 모든 것을 움켜쥐려 합니다.

먹고 있는 중에도 다음에 무엇을 먹을지 고민합니다.
물건을 살 때도 이미 다음에 살 물건을 생각합니다.

티모테오에게 보낸 첫째 서간은 탐욕의 두 가지 결과를 보여줍니다. 첫 번째는 신앙에서 이탈해 방황하는 것이고, 두 번째는 많은 고통을 겪는 것입니다.

첫 번째 결과인 신앙에서 이탈해 방황한다는 말은 믿음의 굳건한 기반을 포기하는 것을 의미합니다. 이때는 탐욕에 의해 끌려다니며, 그로 인해 나의 견고함을 잃게 됩니다. 이러한 불안정한 상태에서는 자율적으로 살아가지 못하고, 탐욕에 의해 조종받으며 살아가게 됩니다. 티모테오에게 보낸 첫째 서간에서 '방황'이라는 표현은 그리스어로 '망상'을 뜻합니다. 탐욕은 결국 현실감 상실을 초래하며, 이는 병적인 상태로 이어질 수 있습니다.

두 번째 결과는 탐욕으로 인해 많은 고통을 겪게 된다는 것입니다. 그리스어 성경에는 이 부분이 "많은 고통으로 자신을 찌른다"라고 기록되어 있습니다. 말하자면 자해, 즉 자신에게 해를 끼치는 것을 의미합니다. 따라서 탐욕은 단순한 죄가 아니라, 사도 바오로의 말처럼 일종의 질병이라고 할 수 있습니다.

중세 시대에는 욕심 많고 인색한 사람에게 죽음을 상기시켜 치유하려 했습니다.

"메멘토 모리Memento mori, 죽음을 생각하라."

이런 속담도 있습니다.

"수의에는 주머니가 없다."

티모테오에게 보낸 첫째 서간은 욕심에 대한 치유법으로 죽음을 상기시키는 대신 "의로움, 경건함, 믿음, 사랑, 인내, 온유"(1 티모 6, 11) 같은 미덕을 제안합니다. 이런 미덕들은 탐욕이 몰고 오는 무모한 광기로부터 우리를 자유롭게 합니다.

사랑과 온유는 삶의 맛을 바꿔 줍니다. 믿음과 인내는 우리에게 든든한 지지대, 즉 스스로 설 단단한 발판이 되어 줍니다. 경건함은 우리의 깊은 갈망을 채워 주는 더 높은 선, 즉 신을 향한 우리의 마음을 열게 합니다.

용서의 문을 여는 열쇠

죄책감을 이해하려면 먼저 죄의 의미를 명확히 이해해야 합니다. 독일어에서 죄를 뜻하는 'Schuld'는 'sollen의무를 이행하다'에서 유래했습니다. 우리에게는 인간으로서 고유한 의무, 즉 자기 자신과 동시대를 함께 살아가는 사람들 그리고 신에게 갚아야 할 빚이 있습니다. 자신에게나 타인에게나, 신에게나 신의 피조물에게나 우리가 빚진 것을 갚지 않고, 마땅히 그들에게 주어야 할 것을 주지 않으면, 그것이 바로 죄를 짓는 것입니다.

먼저, 우리는 자신에게 갚아야 할 빚이 있습니다. 자기 자신을 받아들이고, 잘 돌보며, 건강을 해치는 나쁜 생활 습관으로 자신에게 해를 끼치지 않아야 합니다. 또 신이 주신 가능성을 펼치고, 자기 자신과 자신의 유한성을 사랑하며, 다른 사람의 복제품이 아니라 고유한 자신으로 살아갈 의무가 있습니다.

다음으로, 우리는 이웃에게 갚아야 할 빚이 있습니다. 타인을 존중하고, 있는 그대로 받아들이며, 각자 고유한 방식으로 살도록 간섭하지 않고 자기 방식으로 사는 데 필요한 공간을 보장해 주어야 합니다. 그리고 이웃이 스스로를 돌볼 수 없을 때 그 사람을 도와야 할 의무도 있습니다.

마지막으로, 신에게 갚아야 할 빚이 있습니다. 신이 우리를 창조한 대로 자신을 받아들이고, 우리의 본질을 인정하며, 신을 향해 나아갈 때만 충족될 수 있는 깊은 갈망을 받아들여야 합니다. 또한 신이 우리에게 맡긴 피조물을 존중하고 돌보아야 할 의무가 있습니다.

카를 융에 따르면, 죄는 내적 분열로 이해될 수 있습니다. 자신을 거부하고, 현실을 있는 그대로 보지 않으며, 불편한 것을 억압하고 감각이 알려주는 것을 회피할 때, 이는 의무를 저버리고 빚을 갚지 않는 것이므로 죄가 됩니다. 여기서 죄는 맹목적인 상태와 관련이 있습니다. 우리는 자신과 타인의 현실을 외면하고, 자신과 타인이 만들어낸

무엇이 진짜 나의 죄인지
알아차리기란 쉽지 않습니다.
죄책감이 항상 진짜 죄와 연관되는 건 아니기 때문입니다.

이미지에 너무 몰두하여 있는 그대로의 현실을 보지 못 하게 됩니다.

우리의 진정한 죄는 종종 계명을 어기는 데 있는 것은 아닙니다. 예를 들어 어떤 신자가 고해성사에서 금요일에 육식을 했다거나 부모와 싸웠다고 고백할 때, 저는 그것이 그의 진정한 죄가 아님을 금세 감지합니다. 그리고 그에게 진정한 죄에 대해 묻습니다. 언제 스스로를 외면했는지 말입니다.

때로는 그것이 몸에 드러나기도 합니다. 가령 어떤 사람의 어깨에서 긴장감이 느껴진다면, 그 사람의 죄는 단순히 실수를 저지른 데 있는 것이 아니라, 실수를 저지른 자신을 용서하지 못하는 마음과 신에게 자신을 맡기지 못하는 데 있음을 알 수 있습니다. 진정한 죄는 내 인간성을 받아들이지 않고, 내 삶의 이야기와 능력, 한계를 받아들이지 않으며, 내가 원하는 대로 되지 않는다고 신에게 불평하는 데 있습니다. 죄는 현재의 나와 내가 되고 싶은 나 사이의 분열, 즉 신이 내게 주신 잠재력과 내가 고집하는 고정된 생각 사이의 분열에 있습니다.

진정한 죄가 어디에 있는지 알아차리기란 쉽지 않습니다. 그러나 언제 자신의 진정한 모습을 무시했는지, 언제 자신의 생각에 갇혀 살았는지 보려고 노력한다면, 회개와 치유를 통해 성공적이고 온전한 삶을 살아갈 수 있습니다.

그렇다면 죄책감을 어떻게 다루어야 할까요? 죄책감이 항상 진짜 죄와 연관되는 건 아닙니다. 죄책감은 보통 명료함과 자신감 부족의 표현입니다. 많은 사람은 자신의 '초자아(프로이트의 정신분석 이론에서 주장하는 성격 구조의 한 요소로 도덕적 양심을 형성하는 용어-옮긴이 주)'가 자신을 고발하기 때문에 죄책감을 느낍니다. 부모의 명령과 가치관이 너무 내면화된 사람들은, 그에 반하는 상황이 되면 어쩔 수 없이 죄책감을 느낍니다.

예를 들어 어린 시절부터 어머니에게 끊임없이 노동을 강요받은 젊은 여성은 어쩌다 휴식 시간이 생기면 저절로 죄책감을 느낍니다. 어떤 사람은 배우자와 친구, 동료의 기대를 충족시키지 못할 때 죄책감을 느낍니다. 또 다른 사람은 자기 내면에 증오와 질투의 감정이 올라오면 자신을 죄인으로 여깁니다. 그들은 자기 내면의 공격성을 감지하는 순간 죄책감으로 스스로를 처벌합니다. 자신의 공격성을 잘 살펴 자기 삶의 일부분으로 통합시키는 대신, 그 공격성을 자신에게 돌리는 것입니다.

심리학자와 사제의 과제는 죄책감과 실제 죄를 구분하는 데 있습니다. 죄책감 때문에 자신을 벌하면 대부분의 경우 자신의 잘못된 행위를 결코 개선할 수 없습니다. 먼저 죄책감 뒤에 숨어 있는 자신의 욕구와 상처를 인식하면 다른 방식으로 죄를 다룰 수 있습니다. 그래야 스스로를 죄인으로 만드는 나쁜 토양에서 벗어나 자신에게 도움이 되는 새로운 태도를 배울 수 있습니다.

죄책감에는 두 가지 위험성이 있습니다. 하나는 죄책감에 머물러 자신의 잘못된 행위를 반복하는 것이고, 다른 하나는 죄책감을 억압하고 다른 사람에게 투사하는 것입니다. 후자는 오늘날 널리 만연된 메커니즘입니다. 사람들은 희생양을 재빨리 찾아내 자신의 모든 죄를 떠넘기고, 그 사람을 희생시킵니다. 그러나 죄책감은 여전히 남아 있고, 결국 다음 희생양을 찾아야 합니다.

이 악순환에서 벗어나기 위해서는 자신의 죄를 인정하고, 신이 내 죄를 용서하리라 믿는 것이 중요합니다. 그러나 스스로 자신의 죄를 용서하는 것 또한 중요합니다. 이는 스스로 만든 이상, 즉 평생 죄 짓지 않고 깨끗하게 사는 이상과 작별할 때만 가능합니다. 우리는 원하든 원치 않든 항상 죄를 짓게 됩니다. 신의 자비를 통해 죄를 보십시오. 자신의 죄를 다른 사람들에게 투사하거나 그들을 판단하는 대신, 자신의 죄를 똑바로 보고 그들에게 자비로울 수 있어야 합니다.

죄책감이 항상 실제 죄를 나타내는 것은 아닙니다. 이는 보통 명료함과 자신감 부족의 표현입니다.

유명한 카툰 작가 토미 웅게러는 한 인터뷰에서 여전히 신앙을 갖고 있느냐는 질문에 "아니요"라고 답했습니다. 그러나 매일 밤 기도는 한다고 말했습니다. 그러면서 용서에 대해 이렇게 이야기했습니다.

"그리스도가 하느님의 아들이 아니더라도, 용서는 혁명입니다. 용서, 그것은 우리가 인생이라는 희극에서 할 수 있는 최고의 것입니다."

우리는 스스로를 비난하는 대신 용서해야 합니다. 우리에게 죄를 지은 다른 사람들을 증오와 강경으로 응수하는 대신, 그들을 용서해야 합니다. 토미 웅게러가 말했듯 '인생이라는 희극', 즉 우리의 상호 관계에서 서로 평화롭게 살 수 있는 최선의 길이 바로 용서이기 때문입니다.

그러나 우리의 영혼에는 종종 용서에 대한 저항이 잠재해 있습니다. 이는 우리의 용서하는 능력을 위축시킵니다. 모든 행동에는 대가가 따른다는 깊은 신념을 가지고 있고, 죄도 마찬가지라고 확신하기 때문입니다.

내면 깊은 곳에 자리한 용서에 대한 거부감을 극복하기 위해서는 용서와 치유의 상징이 필요합니다. 예수님은 자신을 십자가에 못 박은 자들을 용서했습니다. 이를 떠올린다면, 신께 용서받지 못할 죄와 스스로 용서하지 못할 죄는 없다는 것을 확신할 수 있을 것입니다. 예수님이 우리에게 요구했고 몸소 모범을 보여준 용서의 상징을 마음에 새긴다면, 우리는 용서의 힘을 믿고 다른 사람을 용서할 수 있습니다.

땅으로 가져오는 별

갈망

갈망은 낭만주의의 대표적 감성이었습니다. 낭만주의자들은 고향과 안식처, 사랑과 행복을 갈망했습니다. 오늘날에도 많은 사람들이 채워지지 않는 무언가를 바랍니다. '갈망하다'라는 뜻의 독일어 'sehnen'은 '사랑의 마음으로 요구하다, 비탄에 빠지다'에서 유래했습니다.

갈망은 고통과 관련이 있지만, 그것은 달콤한 고통입니다. 왜냐하면 인간은 갈망 속에서 살아있음을 느끼기 때문입니다. 갈망은 이 세상을 넘어서는 무언가로 우리를 이끕니다. 갈망, 즉 'Sehnsucht'의 'sucht'는 'suchen찾다, 추구하다'이 아니라, '약해지고 병든다'는 뜻의 'Sucht중독'와 관련이 있습니다. 인간은 사랑 때문에 병이 들듯, 갈망 때문에도 병듭니다. 갈망은 마음뿐 아니라 온몸을 사로잡습니다. 우리는 온몸으로 갈망을 느낍니다.

라틴어로 갈망은 'desiderium'이라고 합니다. 이것은 'sidera별'에서 유래했습니다. 말하자면 갈망은 별을 땅으로 가져오는 것과 같습니다. 별이 뿜어내는 매혹을 느끼는 것이지요. 별은 하늘과 신의 무한한 아름다움에 대한 갈망을 자극합니다. 갈망은 천상을 땅으로 가져옵니다. 갈망은 내 안에 광활한 천상의 세계를 만듭니다.

성 아우구스티누스는 갈망을 인간의 본성으로 이해했습니다. 모든 인간은 본질적으로 신과 안식처, 사랑, 진정한 고향, 진리, 자유를 갈구합니다. 신도 우리 마음속에 신과의 영원한 공동체에 대한 갈망을 심어 주었습니다. 원하든 원치 않든, 우리는 열정적으로 찾는 모든 것에서 결국 신을 갈망합니다. 가령 아무리 우리가 부유함을 갈구해도, 물질적 소유로는 우리의 갈망을 다 채우지 못합니다. 부유함을 추구하는 것은 우리가 더 많이 가지면 마침내 평온해질 수 있다는 생각이 담겨 있기 때문입니다. 그러나 안타깝게도 물질적 소유는 우리를 더 불안하게 만들고, 더욱 불안 속으로 몰아넣습니다.

우리가 성공을 추구할 때, 그 이면에는 가치 있는 사람이 되고 싶다는 갈망이 있습니다. 그러나 어떤 성공도 우리의 갈망을 채울 수 없습니다. 우리의 신성한 가치는 신의 품 안에서만 비로소 경험할 수 있기 때문입니다.

모든 인간은 본질적으로 사랑받고 사랑하기를 원합니다. 뉴스 기사만 봐도 얼마나 많은 갈망이 채워지지 못한 채 외로움과 절망으로 끝나는지 쉽게 알 수 있습니다. 그럼에도 불구하고 모든 작은 사랑 안에는 절대적 사랑, 즉 신에 대한 갈망이 담겨 있습니다. 이와 관련하여 성 아우구스티누스는 이런 말을 남겼습니다.

"주여, 당신 안에서 평안을 찾을 때까지 우리의 마음은 언제나 불안합니다."

인간의 마음은 신, 절대적 안식처, 고향, 잃어버린 낙원에 대한 채워지지 않는 갈망으로 가득 차 있습니다. 겉으로는 우리의 욕망이 다른 목표를 향하고 있는 것처럼 보일지라도, 최종 목적지는 언제나 절대자입니다. 심지어 신을 등진 사람들조차도 마음속에서는 지금까지와는 완전히 다른, 오직 한 분만 있으면 충분한 신에 대한 갈망이 솟구칩니다.

가장 치명적인 것은 세속적 갈망을 모두 성취한 사람들이 종종 내면의 공허함을 느낀다는 사실입니다. 철학자이자 정신의학자 스타니슬라프 그로프는 이렇게 말했습니다.

"어떤 사람은 올해의 축구선수가 되고, 어떤 사람은 최우수 성적으로 박사학위를 받고, 또 어떤 사람은 이상형을 만나 사랑하고 돈을 많이 벌어 꿈꾸던 삶을 살 수도 있습니다."

그러나 모든 성취 뒤에도 내면의 공허함과 지금까지와는 전혀 다른 것에 대한 갈망은 더욱 커집니다. 결국 성공, 사랑, 세속적인 그 어떤 것도 우리 내면의 불안을 완전히 진정시키지는 못합니다.

모든 사람들의 마음속에는 지금까지와는 완전히 다른,
오직 한 분만 있으면 충분한
신에 대한 갈망이 솟구칩니다.

아우구스티누스의 말이 옳습니다. 우리의 갈망이 신에게로 향할 때, 그분을 우리 안에서 마르지 않는 내면의 샘으로, 결코 버려지지 않는 안식처로, 결코 사라지지 않는 사랑으로 찾을 때만 우리는 평온해질 것입니다.

모든 사람은 사랑하고 사랑받고 싶어 합니다. 그러나 사랑은 언제나 갈망과 함께합니다. 갈망 없는 사랑은 없습니다.

심리치료사 페터 셀렌바움은 《사랑받지 못한 자의 상처》에서 사랑과 갈망의 밀접한 관계를 이렇게 설명합니다.

"사랑과 갈망으로 괴로울 때 우리는 가슴 한가운데, 즉 심장이 있는 곳에 우리 자신도 모르게 손을 얹습니다."

갈망이 사랑을 소중하게 만들기도 하고, 사랑을 끝없는 나락으로 이끌기도 합니다. 사랑의 기쁨과 형언할 수 없는 갈망의 고통은 서로 가까이 있습니다. 사랑은 언제나 자신을 넘어서며, 우리는 마침내 사랑 안에서 절대적이고 무조건적인 신의 사랑을 갈망하게 됩니다.

갈망이 사랑을 소중하게 만들기도 하고,
사랑을 끝없는 나락으로 이끌기도 합니다.

감정과 사고를 해치는 독

비통함을 뜻하는 독일어 'Bitterkeit'의 'bitter쓴맛이 나다, 쓰라리다, 비통하다'는 'beißen깨물다'에서 유래되었습니다. 어원적으로 볼 때 'bitter'는 원래 '깨무는 것처럼 날카롭고 쓰라리다'는 뜻입니다. 깨물면 상처가 남습니다. 상처 난 자리는 쓰라립니다. 뭔가가 우리에게 쓴맛을 남기면 우리는 그것을 거부합니다. 하지만 너무 많은 쓴맛을 허용하면 우리는 그 감정에 동화되어 비통함으로 가득 차게 됩니다. 비통함에 빠진 사람들과 이야기를 나누다 보면 그 사람의 감정이 전이됩니다. 그러면 그의 존재 자체가 우리를 비통하게 만듭니다. 이때 우리는 비통해하는 사람들을 멀리하여 자신을 보호하려 합니다. 그가 우리를 깨물고 상처를 내어 그들의 비통함이 우리에게 전이될까 봐 두렵기 때문입니다.

> 다른 사람의 비통함을 잘 살펴 변화시키려면
> 큰 인내심이 필요합니다.

큰 고난이 우리를 덮칠 때, 우리는 비통함을 느낍니다. 그것은 매우 괴로운 일입니다. 그러나 큰 고난이 닥쳤다고 해서 꼭 비통함에 빠지는 건 아닙니다. 우리는 인생의 쓴맛을 단맛으로 바꾸려 노력합니다. 성경은 쓴맛을 단맛으로 바꾸게 하는 놀라운 이야기를 전해 줍니다.

이스라엘 백성이 막 홍해를 건넜을 때의 일입니다.
"그들은 광야에서 사흘 동안을 걸었는데도, 물을 찾지 못하였다. 마침내 마라에 다다랐지만, 그곳의 물은 써서 마실 수 없었다."(탈출 15, 22-23)
이스라엘 백성은 자신들을 이집트에서 탈출시킨 모세와 하느님께, 마실 물이 없다고 불평하며 비통해합니다. 그때 하느님의 명령에 따라 모세가 나무 막대기를 물에 던지자 물이 단맛으로 바뀌었습니다.

초기 교회의 교리와 신학의 기초를 다진 교부教父들은 이 장면을 십자가에 비유했습니다. 십자가의 나무가 인류의 쓴맛을 단맛으로 바꾸었기 때문입니다. 우리가 비통함을 느낄 때 십자가에 드러난 예수님의 사랑을 떠올린다면 내면의 쓴맛이 저절로 단맛으로 바뀔 것입니다. 그러면 고난 속에서도 사랑을 느끼게 되고, 이 사랑이 인생의 쓴맛을 단맛으로 바꿉니다. 예수님은 십자가에 매달려 인류의 쓰라림을 마시고, 자신의 고통으로 그 모든 쓴맛을 달게 만듭니다. 창에 찔린 예수님의 심장에서 사랑이 흘러나와 우리를 적십니다.

> 비통함에 사로잡힌 사람도 사랑받고,
> 있는 그대로 받아들여진다고 느낄 때
> 결국 비통함에서 벗어날 수 있습니다.

비통함은 우리의 사고와 감정을 해치는 독과 같습니다. 얼굴에 비통함이 잠겨 있는 사람을 보면, 그의 눈에서 내면의 비통함이 보입니다. 우리는 그런 사람과 같이 있는 걸 부담스러워합니다. 이런 사람은 오직 비통하다는 말만 합니다. 명랑하고 쾌활한 사람을 견디지 못하기 때문에 주변에 비통함이라는 독을 퍼트리고, 다른 사람의 좋은 기분을 망치고 싶어 합니다. 그들은 다른 사람들이 인생에 대해 아무것도 모른다고 생각합니다. 인생은 불공평하고, 인간은 잔인하며, 다른 이들의 즐거움은 환상에 불과하다고 쏘아붙입니다.

이때 중요한 것은 무엇이 더 강한지 아는 겁니다. '비통함의 독'이 강한지, 아니면 십자가의 예수님처럼 비통함을 극복해 쓴맛을 단맛으로 바꾸는 '우리의 사랑'이 강한지 살펴야 합니다. 이는 비통함과 사랑의 대결과도 같습니다. 비통함에 빠져 주변 사람들까지 비통하게 만들려는 사람과, 사랑의 힘으로 비통함의 독을 피하고 변화시킬 준비가 된 사람의 대결입니다. 비통함에 사로잡힌 사람도 사랑받고 있는 그대로 받아들여진다고 느낄 때, 결국 비통함에서 벗어날 수 있습니다.

영혼의 항복

우리는 종종 중독적인 욕구나 감정 앞에서 한없이 무기력함을 느낍니다. 또 어떤 사람 앞에만 서면 속수무책일 때도 있습니다. 우리는 그럴 때 자신을 방어할 수 없다고 느끼기 때문에 어떤 심리적인 전략도 도움이 되지 않습니다. 오히려 그 사람을 마주할 때마다 무력감을 느끼게 됩니다.

무력감이라는 단어 자체에 이미
아무 힘을 쓸 수 없다는 뜻이 담겨 있습니다.
어떤 행위도, 어떤 대응도 할 수 없습니다.

무력감을 느끼는 것은 인간의 본질적인 부분입니다. 지

크문트 프로이트는 유년기의 무력감과 무기력에 대해 집중적으로 연구했습니다. 그에 따르면 이 시기 어린아이는 어머니와 외부 세계에 의존하며 성장하는데, 그 과정에서 종종 무력감을 느낍니다. 어머니의 보호 단계가 끝나면 아이는 자신이 무력하다는 사실을 깨닫습니다. 천사들이 하늘에서 추락하는 신화가 이 감정을 잘 표현합니다. 이때 아이는 마치 하늘에서 떨어지는 것 같은 감정을 느낍니다. 사람들과 사물, 자신의 감정에 대해 무력감을 경험하는 것이지요.

부모가 싸울 때도 아이는 이런 무력감을 느낍니다. 아이는 부모의 싸움을 중재하려 애쓰지만, 아무 소용이 없습니다. 어른의 폭력과 체벌에 아무런 대응도 할 수 없을 때 아이는 무력감을 느낍니다. 그리고 아무것도 할 수 없기에 아이의 마음에 걷잡을 수 없는 분노가 생깁니다. 아이는 고통에서 자신을 보호하기 위해 스스로 마음의 문을 닫아버립니다.

아이는 부당함에 저항해 보지만 아무 효과가 없습니다. 이때 아이는 속수무책으로 부당함에 노출될 수밖에 없습니다. 어머니의 관심을 받기 위해 모든 노력을 기울였는데도 거부당하면, 아이는 깊은 무력감을 느낍니다. 어린 시절 부모 앞에서 자기 주장을 내세우거나 욕구를 주장할 기회가 없었던 사람은 성인이 되어서도 엄격한 부모나 교사를 떠올리게 하는 사람을 만나면, 어릴 때 느꼈던 무력감을 다시 경험하게 됩니다. 보통 불공정하게 대우받거나 열등감을 느낄 때 이 감정이 유발됩니다.

유년기의 경험은 성인이 되어서도 지속됩니다. 예를 들어 인생이 요구하는 것들에 부응할 자신이 없다고 느끼거나, 정치적·사회적 문제 앞에서 무력감을 느낍니다. 세상의 불공정과 테러, 폭력, 전쟁에 대해 아무것도 할 수 있는 게 없다고 느낄 때 그렇습니다.

우리는 무력감을 인식하고 받아들여야 합니다.

이제 몇 가지 사례를 통해 무력감을 긍정적으로 다룰 수 있는 방법이나 가능성에 대해 이야기해 보려 합니다. 많은 사람들은 자신의 실수와 약점 앞에서 무력감을 느낍니다. 아무리 노력하고 자신을 개선하려고 해도 항상 같은 실수를 반복합니다. 가령 그들은 이렇게 말합니다.

"다시는 다른 사람에 대해 험담하지 않겠다고 다짐하지

만, 모든 결심은 항상 실패로 끝나요."

우리는 다른 사람에 대해 부정적인 말을 하지 않기로 결심하지만, 얼마 지나지 않아 같은 행동을 반복하는 자신을 발견합니다. 그들의 노력은 헛되기만 하고, 여전히 같은 행동을 반복하는 자신 때문에 괴로워합니다.

두려움 앞에서 무력감을 느끼는 사람들도 있습니다. 그들은 심리학 책을 읽고, 심리 상담을 받아 두려움을 분석합니다. 그럼에도 불구하고 두려움이 생기면 곧바로 무기력해집니다. 이럴 땐 어떤 지식도 소용이 없으며, 속수무책으로 두려움에 휩싸이게 됩니다. 두려움 앞에서 무력감을 느끼는 사람들은 신의 가호를 믿지만, 비행기를 타거나 수술을 앞두고 있을 때는 모든 종교적 가르침이 소용없습니다. 두려움 앞에서 신앙도 무용지물입니다. 감당할 수 없는 두려움이 맹수처럼 다가와 그들을 덮칩니다. 머리와 가슴은 아무 대응도 하지 못합니다.

어떤 사람들은 감정을 통제하지 못합니다. 질투하고 싶지 않지만, 아내가 다른 남자와 대화를 나누거나 남자친구가 다른 사람들과 더 많은 시간을 보낼 때 질투가 솟구칩니다. 아내나 남자친구의 진심 어린 위로와 사랑 고백도 소용이 없습니다. 비슷한 상황이 벌어지면 조건반사처럼 다시 질투가 납니다. 이런 일이 반복되다 보면 무력감을 느끼게 됩니다.

또 다른 사람들은 성욕이나 식욕 같은 욕구 앞에서 무력감을 느낍니다. 모든 의지와 자제력을 총동원해도 소용이 없습니다. 그들은 항상 자신의 욕구에 지배당합니다. 식습관을 바꾸려고 애쓰지만 언제나 실패하고 맙니다. 이는 무력감과 체념의 감정을 남깁니다. 정신질환자들은 종종 자신의 병 앞에서 무력감을 느낍니다.

샤워 강박증을 앓는 여자가 있었습니다. 그녀는 온갖 치료를 다 받아보았지만, 이 강박에서 벗어날 수 없었습니다. 그녀는 소파에 잠깐 앉았다 일어나도 무조건 샤워를 해야 했습니다. 그러나 환자들에게만 이런 일이 발생하는 건 아닙니다. 누구에게나 하나쯤은 무력감을 느끼는 강박이 있습니다. 어떤 사람은 잠들기 전에 모든 문이 잠겼는지 확인해야 하고, 또 어떤 사람은 책상 위의 모든 물건이 반드시 제자리에 놓여 있는지 확인해야 합니다.

우리는 누군가의 비판에 태연하게 반응하지 못할 때 스

스로에게 화를 내지만, 실제로는 아무것도 바꾸지 못합니다. 결국 특정 문제가 언급될 때마다 상처를 받습니다. 무언가 우리의 상처를 건드릴 때마다 비명을 지릅니다. 이렇게 우리는 여러 심리적 상황에 대해 무력감을 느낍니다.

사람들 앞에서 느끼는 무력감도 있습니다. 어머니 앞에서 무력감을 느낀다는 한 여성이 있었는데, 이 경우도 종종 어린 시절의 경험에서 기인합니다. 어머니가 자신을 야단치거나 예민한 상처를 건드리면 그녀는 마치 마비된 사람처럼 굳어버립니다. 다른 사람들의 조언이나 방법 그리고 어머니와의 거리 두기 연습도 그 순간에는 아무 소용이 없습니다. 어머니는 딸의 약점을 찾아내는 데 탁월한 감각을 발휘합니다. 결코 남자를 만나지 못할 것이라고 딸의 약점을 지적하는 순간, 어머니는 그녀를 심리적으로 지배하게 됩니다. 이때 딸은 이 심리적 지배에서 벗어날 수 없습니다.

아버지 앞에서 무력감을 느끼는 아들도 있습니다. 유능하고 똑똑한 아버지는 아들이 한 일을 끊임없이 폄하합니다. 아들은 아무리 노력해도, 아버지를 만족시킬 수 없습니다. 무엇보다 아버지의 비판과 경멸에 대해 아무런 대응도 할 수가 없습니다.

상사 앞에서 무력감을 느끼는 사람도 있습니다. 상사가 소리를 지르면 주눅이 들고, 그의 지시가 맘에 들지 않아도 결국 시키는 대로 합니다. 물론 할 수 있는 일과 할 수 없는 일이 따로 있음을 확실히 말하리라 매번 결심하지만, 상사가 고함을 치면 바로 다시 굴복하고 맙니다.

무력감이라는 개념에는 이미 아무 힘을 쓸 수 없다는 뜻이 담겨 있습니다. 이때 우리는 아무것도 할 수 없고, 어떤 대응도 할 수 없으며, 아무것도 바꿀 수 없다고 느끼게 됩니다. 그러나 이것은 잘못된 생각입니다. 우리는 내면의 무력감을 인식하고 이것을 받아들여야 합니다. 왜냐하면 우리는 우리 감정을 마음대로 바꿀 수 없으며, 다른 사람과의 관계를 우리가 원하는 대로만 만들 수 없기 때문입니다.

무력감은 나와 다른 사람을 대하는 새로운 대안을 찾으라는 신호입니다. 심리학과 영적 삶에는 기본 규칙이 하나 있습니다.

"나는 내가 받아들인 것만큼만 바꿀 수 있다."

무력감을 느낄 때 우리는 자신과 다른 사람을 받아들

이지 않습니다. 특정한 생각에 사로잡혀 현실을 받아들이기를 거부합니다. 그러나 우리는 특정 인물에 대한 반응과 감정을 받아들일 때만 비로소 '서서히' 그것을 바꿀 수 있습니다.

자신에게 분노하는 사람은 스스로를 개선할 수 없다는 무력감만 더 강하게 느낄 것입니다. 반면 자신을 받아들이는 사람은 자신 안에서 서서히 변화가 일어나고 있음을 경험하게 될 것입니다.

우리가 자신과 세계 앞에서 무기력하지 않으려면 우리의 힘이 어디에 있는지 알고, 있는 그대로의 세상을 받아들여야 합니다.

내면의 무덤

사목 활동을 하다 보면 종종 모든 것을 체념해버린 듯한 사람들을 만날 때가 있습니다. 그들에게도 한때 무척이나 소중히 여겼던 목표와 가치가 있었습니다. 그러나 어떤 이유로 어떤 일에서 계속 실패하면서 싸우는 것을 포기한 경우입니다. 이제 그들은 인생에서 더 이상 아무것도 기대하지 않습니다. 그들의 태도는 마치 이렇게 말하는 것 같습니다.

"기운을 내 뭔가를 열심히 해봐야 소용없다."

"모든 것이 다 헛수고다."

그들은 변화에 대한 희망을 잃었고, 삶을 적극적으로 설계하거나 자신과 다른 사람의 삶을 긍정적으로 바꿀 수 있다고 믿지 않습니다.

> 체념에 빠져 있으면 편합니다.
> 어떤 것도 책임지지 않을 테니까요.

체념을 뜻하는 독일어 'Resignation'은 라틴어 're-signare'에서 유래되었습니다. 여기서 'Signare'는 '표시를 해두다, 검인을 찍다'라는 의미입니다. 우리는 중요한 문서에 특정한 표시를 해둡니다. 이 표시가 있어야 유효한데, 're-signare'는 '그 표시를 다시 제거한다'는 뜻입니다. 이는 문서에 적힌 내용을 무효로 하는 것이자 그 문서에 적힌 내용을 포기하는 것입니다. 군사적 의미로는 깃발을 내린다는 의미입니다. 승리할 전망이 사라졌기 때문에 항복하는 것이지요.

오늘날 우리가 체념이라는 말을 사용할 때는 포기, 취소, 운명에 맡김 등의 뜻으로 사용합니다. 이런 태도는 보통 알게 모르게 서서히 우리 몸에 배지만, 결국에는 명확히 드러납니다. 즉 아무것도 안 하는 정체된 상태가 우리를 지배하게 됩니다. 이런 사람은 스스로 자신의 욕구를 포기하고 더 이상 아무 기대도 하지 않습니다. 아무것도 바꿀 수 없는 사람처럼 모든 걸 운명에 맡겨버립니다.

하지만 이런 체념에는 내적 자유가 없습니다. 오히려 그것은 우리를 우울과 절망의 늪으로 밀어넣어 결국 자신을 포기하게 합니다. 이러한 체념은 영적인 미덕이 아닙니다. 오직 신에게 자신을 맡기는 것만이 진정한 영성의 표시이기 때문입니다. 혼자 체념하고 포기하는 것은 그리스도의 영성에 어긋납니다. 무엇보다 그리스도의 미덕인 희망에 어긋납니다. 체념한 사람에게는 희망이 없기 때문입니다. 그런 사람은 열정 없이 미지근하게 혹은 완전히 무감각하게 살아갈 뿐입니다.

사목 활동 중에 체념해버린 듯한 사람들을 만나면 저는 그들을 평가하지 않고 있는 그대로 인식하려고 노력합니다. 제 오랜 경험에 따르면, 그들은 오랫동안 스스로를 다독이며 기운을 차리려 애썼을 것입니다. 그러나 어떤 질병이 그들을 익숙한 궤도에서 이탈시키고, 잘살아 보려는 모든 노력을 파괴해버렸습니다. 혹은 교회나 공동체, 회사나 가족을 위해 최선을 다해 봉사했지만, 그들의 모든 노력이 허사로 끝났을 것입니다. 교회는 감동과 변화를 이끌어내지 못하고, 공동체는 자포자기에 빠져 마비된 상태로 머물

체념의 무덤에서 부활한다는 말은
자신의 삶과 이상을 위해 더 나은 세계에
희망을 걸고 다시 사는 것을 의미합니다.

렀을 것입니다. 회사는 오직 단기간에 이익을 낼 생각만 하고 사회적 가치를 경시하는 외부 경영진들에 의해 운영되었을 것입니다.

한편, 가족은 상속 문제로 갈라졌을 것입니다. 처음에는 화목한 가정을 위해 노력을 했지만, 자녀들이 부모의 유산을 두고 다투었고, 결국 모든 시도가 실패로 돌아갔을 것입니다. 이제 남은 건 체념뿐입니다. 그러나 체념으로는 행복해질 수 없습니다. 체념하는 마음은 마치 무거운 짐에 짓눌려 주저앉을 것 같은 기분을 느끼게 할 뿐입니다. 체념은 싸울 힘을 모조리 빼앗아 갑니다. 어차피 싸워 봐야 아무 소용 없다고 생각하기 때문에 체념에 빠진 사람들은 오로지 자기 삶에만 안주하거나 무력감을 잊기 위해 여러 활동으로 도망칩니다. 하지만 아무리 바쁘게 움직여도 체념은 여전히 밑바탕에 깔려 있습니다. 그들에게는 더 이상 에너지도 없고, 미래에 대한 희망도 없습니다.

이럴 때 우리는 체념의 라틴어 어원인 're-signare'에서 해결책을 얻을 수도 있습니다. 즉 문서의 봉인에서 표시를 없애고 그것을 무효로 하면, 우리는 삶에 대한 소망과 욕구를 담은 새로운 문서를 작성할 수 있습니다. 그러나 안타깝게도 지금까지 삶을 체념한 사람들은 대부분 이상을 향한 싸움만 포기한 게 아니라, 새로운 삶에 대한 희망마저 포기한 상태입니다. 이런 태도는 마치 독처럼 스며들어 뿌리부터 파괴하고, 삶 전체를 병들게 합니다. 그래서 체념한 사람들은 어떤 것에도 기뻐할 수 없습니다. 그들은 열정을 가지고 뭔가 하는 사람을 폄하하고, 그들의 노력을 조롱합니다. 왜냐하면 체념의 독에 감염된 사람은, 다른 사람이 어떤 프로젝트나 아이디어에 열정을 보이는 것을 지켜보는 게 견디기 어렵기 때문입니다.

어떤 열정도 가질 수 없는 사람에게는 더 이상 꺼내 쓸 에너지가 없습니다. 뇌 과학자들에 따르면, 인간의 뇌세포는 열정을 통해 발달한다고 합니다. 저는 체념한 사람들과 대화할 때 항상 깊은 슬픔을 느낍니다. 왜냐하면 그들은 자신을 포기했을 뿐만 아니라 다른 사람에게 고뇌와 피로, 회의감을 뿜어내 전염시키기 때문입니다. 체념은 종종 다른 사람을 깎아내리고 부정적 기운을 퍼뜨리는 냉소주의로 나타납니다.

독일어 'zynisch냉소적인'는 고대 철학 학파인 견유학파 'Kyniker'에서 유래했으며, 이들의 이름은 '개'를 뜻하는

'kyon'에서 왔습니다. 견유학파는 '개처럼' 행동하는 사람들이 기존의 가치관과 삶의 양식에 '개처럼' 달려들어 모든 것을 신랄하고 무자비하게 비평합니다.

체념에 대한 기독교적 대답은 부활입니다. 기독교인들은 예수님이 무덤에서 부활했다고 확신합니다. 죽음도 이겨낼 만큼 강한 희망은 우리 자신의 삶에도 영향을 미칩니다. 우리는 예수님과 함께 우리를 체념하게 했던 그 무덤에서 일어서야 합니다. 체념은 마치 무덤에 누운 것과 같습니다. 우리는 체념의 무덤에서 안주할 수는 있겠지만, 그곳은 모든 것이 죽고 썩어 가고 있습니다. 물론 체념의 무덤에 머무르면 편할 수도 있을 것입니다. 구경꾼이 되어 눈에 보이는 모든 것을 마음대로 비평할 뿐, 어떤 것도 책임질 필요가 없을 테니까요.

반면, 체념의 무덤에서 부활한다는 말은 자신의 삶과 이상을 위해 더 나은 세상에 희망을 걸고 다시 사는 것을 의미합니다.

우리 시대에는 체념이 만연해 있습니다. 정치, 교회, 개인의 삶 곳곳에 체념이 퍼져 있습니다. 체념한 사람에게 열정을 가지라고 설득할 수는 없습니다. 그런 호소는 그들에게 무의미할 것입니다. 그러나 그들에게 이렇게 물을 수는 있습니다.

"체념의 무덤에 머물러 있는 것이 당신에게 무슨 이득이 있습니까?"
"당신은 무엇 때문에 체념하게 되었습니까?"
"혹시 당신의 이상이 너무 높았습니까?"
"당신은 자신과 다른 사람들의 평범함을 용납하지 못하는 건 아닙니까?"

긍정적인 체념도 있습니다. 지금까지의 무모한 기대와 환상의 봉인을 제거하고, 내 삶에 진정한 의미를 부여하는 문서를 다시 작성하는 것입니다.

영혼의 통증

독일어 'Reue후회'는 원래 슬프고 우울한 마음을 의미합니다. 이 단어는 우리가 하지 않은 행동 혹은 이미 저지른 행동 때문에 슬프고 아픈 마음을 표현한 것입니다. 독일 신학자 카를 라너에 따르면, 기독교에서 후회는 "지은 죄에 대한 영혼의 고통과 부끄러움이자 앞으로 더 이상 죄를 짓지 않겠다는 결심"입니다.

카를 라너가 말한 후회의 정의에는 중요한 특징 두 가지가 있습니다. 하나는 죄에 대한 영혼의 고통이고, 또 하나는 행동을 바꾸고 개선하려는 적극적인 의지입니다. 기독교에서는 더 나아지려는 노력을 '회개'라 부릅니다. 따라서 후회와 회개는 항상 서로 연결되어 있습니다. 전통적으로 후회는 마음의 참회로 표현됩니다. 이때 자신의 죄를 돌아보며 뉘우칩니다. 이런 후회는 보통 부정적이고 고통스러운 감정과 관련이 있습니다. 그래서 쉽게 자책하고 죄책감에 빠지게 됩니다.

그러나 이러한 고통이 우리를 새로운 행동으로 이끕니다. 진정한 후회는 종종 눈물과 함께합니다. 왜냐하면 자신의 행동이 다른 사람에게 얼마나 깊은 상처를 주었는지 진심으로 깨달을 때 마음이 아프고, 이런 아픔을 가장 잘 나타내는 것이 바로 눈물이기 때문입니다.

후회에는 언제나 지난 행동에 대한 적극적인 '반성'과 앞으로 변하겠다는 굳은 '의지'가 들어 있습니다.

카를 융은 정신분석 치료 과정에서 후회에 젖은 사람들을 많이 만났습니다. 그에 따르면, 그들은 삶을 바꾸려는 '후회의 능동성'을 잊어버린 채 후회라는 감정에만 머물러 있습니다. 융은 이런 마음 자세를 사람들이 추운 겨울 아침에 일어나기 싫어 따뜻한 이불 속에 머무는 것에 비유합니다. 그는 사람들이 후회한다고 말하지만 결과가 달라지는 것은 없다고 설명합니다. 심지어 후회에 따른 자책을 즐기기까지 합니다. 그러나 이것은 자신의 행동에 대한 책임을 지지 않기 위한 변명일 뿐입니다. 진정한 후회는 단순한 감정적 충격 그 이상이며, 실수를 속상해하는 것으로 끝나지 않습니다. 후회라는 감정에는 항상 지난 행동에 대한 적극적인 '반성'과 앞으로 변하겠다는 굳은 '의지'가 포함되어 있습니다.

진정한 후회는 돌이켜 보고 바꾸려는 '회개'로 이어져야 하는데, 때때로 자책과 자학으로 연결되기도 합니다. 하지만 이런 자기 처벌에 갇히게 되면 얼마 지나지 않아 과거의 잘못된 행동을 되풀이하게 됩니다. 단순한 감정적 후회는 때때로 잘못된 행동을 더욱 고착시킵니다. 따라서 우리는 후회 속에서 자신을 괴롭히는 대신, 과거를 떠나 새로운 행동으로의 변화에 힘을 쏟아야 합니다.

기독교가 말하는 회개의 맥락 외에도 오늘날 현대 사회가 말하는 후회도 있습니다. 예를 들어 사람들은 테러리스트가 자신의 행위를 후회하길 바랍니다. 잘못을 뉘우치지 않는 범죄자를 석방하는 건 상상조차 할 수 없기 때문입니다. 그래서 죄에 대한 명료한 고백을 후회로 간주합니다. 이때 죄의 고백은 사죄의 밑거름이 됩니다. 희생자에게 사죄를 하는 것은 실천이 동반된 진정한 후회로 인정됩니다.

결론적으로 후회는 과거의 행위와 태도에 대한 반성과 새롭게 시작하려는 의지입니다. 따라서 후회는 과거를 성찰하고 놓아주며, 새로운 방향으로 나아가게 하는 감정입니다.

두려움의 쳇바퀴

마르틴 하이데거에 따르면, 인간은 본질적으로 걱정하는 존재입니다. 즉 존재하는 것 자체가 곧 걱정이라는 의미입니다. 세상에 존재한다는 것은 자신과 자신의 존재에 대해 걱정하고 돌보는 것입니다. 그런데 걱정하는 사람은 늘 불안해하고 어디에서도 편히 쉬지 못합니다. 걱정이 개인의 삶이나 존재 방식을 좌우하기도 합니다. 따라서 살아 있는 한 걱정에서 벗어날 수 없습니다. 걱정은 우리를 부추겨 마침내 편안하고 안전하게 살기 위해 일하도록, 생계를 유지하도록, 미래를 준비하도록, 소유물을 늘리도록 합니다.

미래는 신의 손에 있습니다.
우리는 신의 축복 속에 있는 미래를 믿어도 됩니다.

그리스어로 걱정을 뜻하는 'merimna'에는 '걱정하고 돌보기, 갈망과 허기, 근심 어린 기대, 두려움'의 의미가 내포되어 있습니다. 또한 근심이나 고뇌의 완화된 표현으로 쓰이기도 합니다. 말하자면 그리스어의 '걱정'은 인간이 겪는 고통스럽고 괴로운 감정입니다. 인간의 걱정은 언제나 두려움과 관련이 있습니다. 걱정은 두려움에서 나온 태도로, 스위스의 성서학자 울리히 루츠의 표현을 빌리면 '존재에 대한 일상화된 두려움'입니다.

걱정을 뜻하는 독일어 'Sorge'에는 근심과 상심, 질병이라는 뜻도 있습니다. 러시아어 'Sorge'는 'soroga'와 어원이 같습니다. 'soroga'는 투덜대는 사람을 의미합니다. 걱정에 사로잡힌 사람, 상심과 걱정에 짓눌린 사람은 투덜대고 불평합니다. 그러나 독일어 'sorgen걱정하다'에는 '돌보다, 더 나아지게 만들다, 부양하다'라는 의미도 있습니다. 여기서 '돌봄Fürsorge'과 '준비Vorsorge'란 말이 나왔습니다.

다른 사람들이 무탈하게 잘 지내는지 걱정하고 돌보는

사람들이 있습니다. 그런가 하면 걱정이 너무 많아서 밤잠을 설치는 사람들도 있습니다. 예수님이 마르타(신약 성경에서 베다니아 마을에 살았던 여인으로 남을 돌봐주기 좋아하는 유형의 이름을 대표함-옮긴이 주)를 꾸짖은 것도 이런 맥락에서입니다.

"마르타야, 마르타야! 너는 많은 일을 염려하고 걱정하는구나."(루카 10, 41)

마르타는 예수님과 그의 제자들이 넉넉히 먹을 수 있을지 걱정하며 온갖 시중을 듭니다. 그러나 그런 염려와 걱정 속에서 마르타는, 예수님 발치에 앉아 말씀을 듣는 동생 마리아를 미워하고 단죄하는 마음을 갖습니다. 루카는 마르타의 걱정을 'merimnas걱정, 근심'와 'thorybaze소란을 피우다'라는 두 단어로 묘사하는데, 대략 이렇게 번역할 수 있습니다.

"우리가 먹을 것이 넉넉한지에 대해 너는 너무 많이 걱정한다."

"너의 분주함과 수선스러움은 스스로를 혼란에 빠뜨리고, 불안과 걱정 속으로 몰아넣어, 손님들을 불편하게 한다."

마르타는 좋은 뜻에서 열심히 시중을 들었습니다. 그러나 그녀의 배려와 돌봄은 걱정과 불안으로 변해 자신을 힘들게 했고, 다른 사람까지 불편하게 했습니다. 이러한 의미에서 걱정하는 사람 곁에 있으면 마음이 편안하지 않습니다. 배려가 사랑의 표현으로 느껴지기보다는, 손님을 만족시키려고 애쓰는 주인의 불안과 두려움이 느껴지기 때문입니다.

인간이 자기 삶과 미래를 두려워하고 걱정하는 것은 충분히 이해할 수 있습니다. 이 세상을 사는 것은 위험하고 불안정해 보이기 때문입니다. 그러나 우리 존재의 불확실성이 우리를 두려움과 걱정으로 몰아넣어서는 안 됩니다. 이런 의미에서 예수님은 우리에게 말합니다.

"목숨을 부지하려고 무엇을 먹을까, 무엇을 마실까, 또 몸을 보호하려고 무엇을 입을까 걱정하지 마라."(마태 6, 25)

두려움이 담긴 걱정은 마음을 어둡게 합니다. 반면 신을 믿는다면, 비록 우리는 우리의 미래를 걱정하더라도 분별없이 행동하지는 않을 것입니다. 두려움은 무의미한 소비와 보장으로 우리를 내몰지만, 믿음은 지금 이 순간을 의식하며 살게 하고, 좀 더 주의 깊고 신중하게 합니다. 그래서 예수님은 걱정 없는 삶에 대해 이렇게 말합니다.

"그러므로 내일 일을 걱정하지 마라. 내일 일은 내일 걱

정할 것이요."(마태 6, 34)

물론 이것은 항상 미묘한 균형을 요구합니다. 어머니는 자식에 대한 걱정을 완전히 버릴 수 없습니다. 걱정은 그녀 안에서 계속 피어오를 것입니다. 그리고 아버지는 가족의 재정적 안정을 걱정할 것입니다. 그러나 동시에 어머니와 아버지는 그들의 걱정 속에서도 가족의 미래가 신의 손에 달려 있음을 상기시켜야 합니다. 그래서 신의 축복을 믿고 자녀와 그들의 미래를 신께 맡겨도 됨을 잊지 말아야 합니다.

마음의 짐

근심은 걱정과 우울한 생각 그리고 지속적인 정신적 고통과 관련이 있습니다. 원래 근심을 뜻하는 독일어 'Kummer'는 잔해나 쓰레기를 의미합니다. 우리의 영혼에 쌓이는 잔해, 마음에 쌓이는 내적 쓰레기는 곧 부담과 고난, 고통과 상심을 상징합니다.

자녀의 일로 근심하는 부모가 많습니다. 그들이 잘 자라지 못할까 봐, 잘못된 길로 갈까 봐 걱정합니다. 오죽하면 신이 우리의 근심을 알고 돌봐주시리라는 희망으로 모든 근심과 걱정을 적어 넣어두는 '근심 상자'라는 것이 생겼겠습니까.

요한 세바스티안 바흐는 칸타타 1악장에서 인간의 본성

인 근심을 격렬하고 음울하게 표현합니다. 이 어두움은 2악장에서 신의 은총에 대한 믿음 속에서 점차 해소됩니다.

"나는 수많은 고통을 겪었네…."

모든 근심에도 불구하고
삶을 있는 그대로 받아들이는 사람은
어려움을 거뜬히 이겨낼 수 있는 길을 발견합니다.

근심에 대해 이야기할 때마다 우리 마음속에 잔해와 쓰레기의 이미지가 떠오릅니다. 근심은 우리 스스로 짊어진 마음의 짐과 관련이 있습니다. 마치 우리 안에 쌓인 쓰레기 더미와도 같습니다. 이 쓰레기 탓에 우리는 자유롭게 숨 쉬기가 힘듭니다. 깨지고 부서진 쓰레기는 먼지처럼 우리의 영혼에 내려앉아 우리 안의 모든 것을 칙칙하고 지저분하게 만듭니다. 그것이 우리의 감정을 더럽힙니다. 우리는 다른 사람들이 우리에게 버린 쓰레기나, 우리 스스로가 산더미처럼 쌓아두고 치우지 못한 쓰레기 때문에 내적으로 더럽혀졌다고 느낍니다. 우리가 외면할수록 쓰레기는 점점 더 쌓여갑니다.

근심에 대한 이야기는 수많은 사람들의 삶 속에 적용될 수 있습니다. 저는 면담 도중 자주 사랑의 고통에 대해 듣습니다. 사람들은 사랑이 더 이상 행복을 보장하지 않는다고 이야기합니다. 특히 연인이나 배우자와의 관계가 더 이상 원만하지 않을 때 대화가 단절되고 관심사도 달라지기 때문입니다.

상대방은 더 이상 나에게 확신을 주지 않고, 불안한 나를 달래 주지 않습니다. 나는 그를 사랑하지만, 그는 내 사랑에 응답하지 않습니다. 사랑에 관한 근심은 짐이라기보다는 오히려 고통스러운 걱정, 응답받지 못한 사랑이 남긴 고통의 이미지가 더 연상됩니다. 근심하는 사람은 얼굴에 수심이 가득하고 슬프고 우울한 인상을 줍니다. 그의 얼굴에서 사랑에 대한 고민과 고통을 읽을 수 있으며, 그가 근심에서 쉽게 벗어나지 못하고 있음을 알 수 있습니다. 그는 기운을 잃고 마치 시든 꽃처럼 말라 갑니다.

근심에 자신을 맡겨버린 사람은 이른바 'Kummerspeck', 즉 슬픔으로 인해 살이 찌는 '근심 살'을 키웁니다. 이런 사람은 근심에 대비하기 위해 점점 더 많이 먹습니다. 그러나 그 대가로 몸은 점점 더 비대해집니다.

반면, 모든 어려움과 근심에도 불구하고 삶을 있는 그대로 받아들이는 사람은 어떤 어려움도 거뜬히 이겨낼 수 있는 길을 발견합니다. 때로 근심을 능숙하게 다루는 사람도 있습니다. 그는 어려움을 견디고 문제를 해결하는 일에 익숙하기 때문에 힘든 과제도 기꺼이 받아들입니다. 이런 자세로 근심을 대하는 사람은 불평하지 않습니다. 그는 근심에 굴하지 않고 묵묵히 자신의 삶을 가로막는 쓰레기를 치웁니다. 또한 주저앉아 걱정하는 대신 삶의 문제에 맞섭니다. 그리고 자신과 다른 사람을 위해 기꺼이 근심을 처리합니다.

(절망)

보이지 않는 탈출구

철학자들은 절망이란 우리가 살면서 탈출구가 없을 때 느끼는 감정적 반응이라고 말합니다. 독일 철학자 요제프 피퍼는 절망을 '선행된 불만족'이라고 표현했습니다. 절망에 빠지면 우리는 미리 포기해버립니다. 더 이상 긍정적인 기대가 충족될 것이라는 믿음을 갖지 않습니다. 모든 것이 무의미하고 출구가 없어 보입니다. 상황을 개선하려는 의지나 동기도 잃게 만듭니다. 그리고 삶이 언젠가 나아질 거라는 희망도 없습니다.

이것은 절망despair을 뜻하는 라틴어 'desperatio'를 보면 알 수 있습니다. 'de-~없이'와 'speratio희망'에서 파생된 이 단어는 곧 '희망의 부재'를 뜻합니다. 절망은 삶의 모든 것을 에워쌉니다. 출구는 없고 사방이 깜깜합니다. 사람은 출구가 보이지 않거나, 더 나아질 가능성이 없다고 생각할 때 절망에 빠지게 됩니다. 이때는 어디서부터 시작해야 할지 모릅니다. 이 감정은 큰 실패를 하거나 질병으로 고통받을 때 나타나며, 마치 온몸이 마비된 듯한 기분이 듭니다.

때때로 절망은 우울감과 비슷해 보이기도 합니다. 모든 것을 어둡고 비관적인 시선으로 보게 되어 깊은 좌절에 빠지게 됩니다. 절망은 막막함과 우울감이 합쳐진 고통스러운 감정입니다. 모든 것이 헛되고, 모든 것이 소용없으며, 사는 것이 의미가 없게 느껴집니다.

절망에 빠지지도 않고, 그것을 외면하지도 않으며,
절망을 허용하면서도 갈망과 결합하면
절망과 갈망 사이의 긴장이
우리를 신에게로 이끌어 줍니다.

덴마크 종교 철학자 쇠렌 키르케고르는 절망을 주제로 글을 썼는데, 특히 자기 자신의 절망에 주목했습니다. 그는 절망을 '죽음에 이르는 병'이라 불렀습니다. 또한 그에게 절망은 '죄악'이었습니다. 왜냐하면 그것은 신과의 관계를 파괴할 뿐만 아니라 나 자신과의 관계도 파괴하기 때문입니다. 신학에서는 자기 자신을 부정하고 삶을 신뢰하지 못하는 나약함의 절망과, 영웅주의를 표방하며 가짜 자아를 드러내는 강함의 절망을 구분합니다.

신에 대해 절망을 느낄 때 우리는 스스로를 신의 자리에 세웁니다. 그리고 마치 모든 것을 통제할 수 있는 것처럼 행동합니다. 그러나 이러한 절망은 결국 우리를 파멸로 이끕니다. 언젠가는 자신의 한계에 도달할 것이기 때문입니다.

> 절망 속에서 내 깊은 욕구를 채워 주실 분은
> 오직 신비의 하느님뿐입니다.

절망은 전망과 희망 없음의 감정입니다. 희망이 없는 곳에는 죽음과 정체, 절망만이 있을 뿐입니다. 우리는 우리 자신에게 절망합니다. 내 손으로 삶을 개선하고 개척할 수 없다고 생각합니다. 절망은 처음에는 눈물로 나타나지만, 결국 눈물조차 마르게 합니다. 그러면 우리 앞에는 오직 공허한 절망만 남습니다. 희망을 걸었던 모든 것이 무너집니다.

절망의 감정에 대해 프리드리히 니체는 "우리 앞에 놓인 절망이 종종 더 깊은 경험을 위한 도움닫기가 될 수 있다"고 말했습니다. 그는 이 더 깊은 경험을 '신비'라 불렀습니다. 그리고 그는 이런 말을 남겼습니다.

"절망과 갈망이 짝을 이룬 곳, 그곳에 신비가 있다."

절망에 빠지지도 않고, 그것을 외면하지도 않으며, 절망을 허용하면서도 갈망과 결합하면 절망과 갈망 사이의 긴장이 우리를 신에게로 이끌어 줍니다. 이는 내가 소유할 수 있는 신이 아니라, 내 절망 속에서 내 안의 가장 깊은 갈망을 충족시켜 줄 신비의 하느님을 어렴풋이 느낄 수 있게 해줍니다.

혼란

감정의 소용돌이

오늘날 우리는 정신적 혼란을 떠올리면 가장 먼저 치매에 걸린 나이 많은 사람들을 생각하게 됩니다. 그들은 일상생활의 요구에 제대로 대처하지 못합니다. 물론 젊은 사람들도 정신적 혼란을 겪습니다. 예를 들어 토론 중 어느 순간 주제를 이해하지 못하거나, 상대방의 주장이 귓전에서 윙윙거릴 뿐 도무지 무슨 소린지 이해할 수 없을 때 우리는 혼란스러워합니다. 또한 갑자기 잠에서 깼을 때 자신이 어디에 있는지, 오늘이 무슨 요일인지 정확히 기억하지 못할 때도 마찬가지입니다.

우리는 어디서 출발했는지와는 상관없이, 어디로 가야 할지 모를 때가 있습니다. 이러한 종류의 혼란스러움은 여행 중 호텔에서, 친척 집에 방문해서 잠자리가 바뀌었을 때 주로 경험하게 됩니다. 눈을 뜬 직후 어디에 있는지 몰라 당황스러울 때는 천천히 기억을 되살리며 정신을 차려야 합니다.

"아, 나는 지금 이 도시에, 이 호텔에 있구나. 오늘은 이러한 일정이 있는 날이구나."

잠시 누워 있다 보면 서서히 알아차리게 됩니다.

또한 우리는 누군가 엉뚱한 말을 할 때 "헛소리한다"고 말합니다. 이는 그의 이야기가 명확하지 않고, 일관성이 없으며, 논리적으로 많은 것이 뒤섞여 있다는 뜻입니다. 그리고 종종 자신에 대해서도 "나는 좀 혼란스러워"라고 말하기도 합니다. 이 말은 "요즘 내가 제정신이 아니야. 머릿속이 뒤죽박죽이야"라는 뜻입니다. 너무 많은 것이 머릿속을 헤집고 다녀서 지금 무슨 일이 벌어지고 있는지 더는 아무것도 모르겠다는 탄식이라고 할 수 있습니다.

때로는 특정한 경험이 우리를 혼란스럽게 하기도 합니다. 특히 외상 후 스트레스 장애, 즉 트라우마를 겪으면 발밑의 땅이 꺼지는 듯한 기분이 듭니다. 예를 들어, 사랑하는 사람을 잃었을 때 우리는 슬픔 때문에 정신적 혼란을 겪기도 하고 감정의 혼란에 빠지기도 합니다. 그러다 보면 모든 것이 뒤죽박죽이 되어버리고, 더 이상 안정감을 느낄 수 없습니다. 이렇게 된 것에 대한 고통과 분노 그리고 고독감 사이에서 마음이 갈팡질팡합니다. 그리하여 감정의 혼돈을 바로잡을 수 없게 됩니다. 감정이 우리를 압도하여 혼란에 빠트리고 명료하게 생각할 능력을 앗아갑니다.

혼란은 소용돌이치는 물과 같습니다.
물 밑을 보려면 우선 소용돌이가 멈춰야 합니다.

정신적 혼란 상태를 장소적 개념과 연결해서 이해할 수 있습니다. 만약 우리가 낯선 도시에서 길을 잃었다면, 어디가 어딘지 몰라 혼란스러워합니다. 이것은 정신적 혼란 상태의 비유이기도 합니다. 명확한 기반이 없으며, 자신이 어디에 있는지, 무슨 말을 해야 할지, 자신의 상태를 어떻게 설명해야 할지 모르는 상황입니다. 모든 것이 예측할 수 없고 불안정하며 막막하고 불확실합니다. 소용돌이치는 마음을 어디서부터 가라앉혀야 할지 모릅니다. 어디서 시작하든, 우리는 점점 더 깊은 불확실함과 감정적 혼란에 빠져들 뿐입니다.

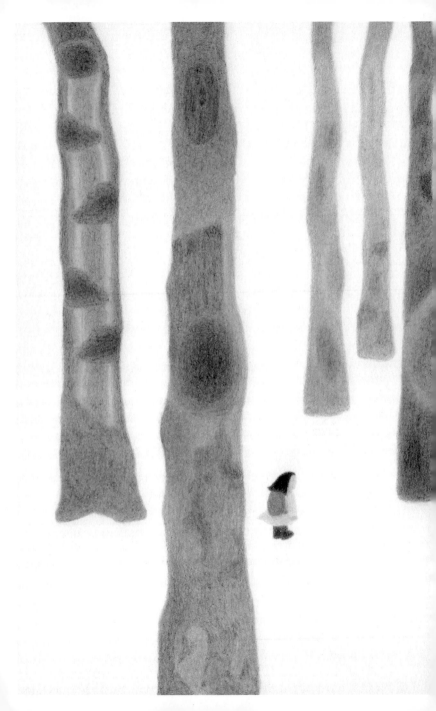

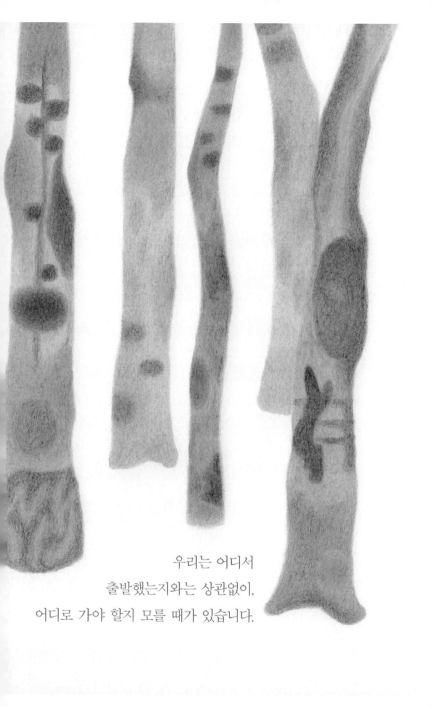

우리는 어디서
출발했는지와는 상관없이,
어디로 가야 할지 모를 때가 있습니다.

이런 혼란을 어떻게 다스려야 할까요?

첫 번째 단계는 일단 멈추어야 합니다. 혼란은 소용돌이치는 물과 같습니다. 바닥을 보려면 소용돌이가 멈춰야 하듯이 감정의 혼돈을 가라앉히려면 일단 멈추어야 합니다. 멈춤은 곧 고요함을 뜻합니다. 고요를 뜻하는 독일어 'Still'은 'stellen세우다', 'stehen bleiben멈춰서 머무르다'에서 왔습니다. 내가 고요해지면 혼란은 저절로 해소될 수 있습니다.

이처럼 온갖 생각과 감정으로 마음이 혼란스러울 때는 아무것도 하지 말고 일단 멈추십시오. 그러면 감정이 진정되고 혼돈도 서서히 질서를 잡게 됩니다.

두 번째 단계는 그물처럼 얽힌 감정과 생각을 하나씩 풀어 보는 것입니다. 각각의 감정이나 생각이 내게 무슨 말을 하고자 하는지 살펴보아야 합니다. 왜 이런 감정과 생각이 생겼는지, 그 뒤에 어떤 갈망이 숨어 있는지 살펴야 합니다.

혼란은 멈추고 자세히 들여다볼 때 저절로 명료해집니다.

"이것은 마치 파리 떼의 공격을 받는 것과 같다."

옛날 수도자들은 혼란이라는 감정을 이렇게 비유적으로 표현했습니다. 수도자들은 이러한 상황에서는 파리를 한

마리씩 잡아 그것들과 정면으로 마주하라고 조언합니다.

　우리가 혼란스러운 상황에서 이렇게 할 수만 있다면, 우리의 생각과 감정은 다시 서서히 질서를 찾게 될 것입니다.

메마른 감정

내적 사망

유독 감정이 메마른 사람들이 있습니다. 그들은 아무것도 느끼지 못하고, 어떤 것에도 열정을 느끼지 못합니다. 모든 감정이 말라버린 것입니다. 이런 사람들은 내면이 죽은 것처럼 느껴집니다. 감정은 사람에게 생기를 불어넣어 주고, 그로 인해 자신의 삶을 의미 있게 느끼게 합니다. 사람은 감정을 통해 자기 자신을 느낍니다. 따라서 감정이 메마르고 시들어버리면 살아 있어도 살아 있는 것으로 느끼지 못합니다. 이때 그는 감정적으로 마비 상태라고 할 수 있습니다.

억압된 감정을 콘크리트 아래에서 다시 발견하려면
주의력과 섬세함이 필요합니다.

　사목 활동을 하다 보면 자신의 메마른 감정 탓에 고통
받는 사람들을 종종 만납니다. 그들은 간절히 뭔가를 느
끼고 싶어 하지만 아무것도 느끼지 못합니다. 어떤 것에도
기뻐할 수 없습니다. 슬픔도 그들에게는 진정으로 와 닿지
않습니다. 때로는 이러한 감정적 무감각이 우울증의 표현
일 수 있습니다. 그러나 우울하지 않은데도 감정이 메마를
때가 있습니다. 이는 단순히 감정과 단절된 상태일 수 있습
니다. 감정은 생기를 불어넣는 샘물과 같습니다. 그런데 안
타깝게도 어떤 사람들에게는 이 샘이 말라버린 것입니다.

　감정이 메마른 사람들은 그저 살아갈 뿐입니다. 그들의
삶에는 기쁨도 슬픔도 없습니다. 모든 것이 똑같습니다. 그
들의 삶은 마치 사막 위를 미끄러져 가는 것과 같습니다.
풍경도 시들고 기쁨을 경험할 수 있는 초록 초원도 없습니
다. 이들은 생생하게 감정을 느끼고 기뻐할 수 있는 사람
들을 부러워합니다.
　다른 사람들에 대한 감정이 무덤덤한 사람들도 있습니

다. 그들에게 다른 사람과의 만남에서 무엇을 느끼는지 물으면 "글쎄, 특별한 건 없어"라고 대답합니다. 감정이 메마른 사람들은 다른 사람이 어떻게 느끼는지 인지하지 못합니다. 그들은 단지 다른 사람의 말을 들을 뿐, 상대방의 감정을 느끼지 못합니다. 이런 태도는 종종 대화 상대에게 상처를 줍니다. 설령 그들이 그럴 의도가 없었더라도, 상대방의 감정을 무시하고 단지 건조하게 반응하는 것만으로도 상대에게 상처를 줄 수 있습니다. 이때 상대방은 자신이 존중받지 못하고 더 나아가 무시당한다고 느낄 수 있습니다. 어떤 사람들은 감정적 마비에 고통스러워하고 열등감을 느끼기도 합니다.

반면 자신의 메마른 감정을 부정하려는 사람들도 있습니다. 그들은 오히려 다른 사람들을 상처 입히는 쪽을 선택합니다. 상대방을 감정 과잉이라고 비난하거나 감정이 풍부한 사람들을 가리켜 너무 감정적이라 이성적인 대화가 불가능하다고 불평하기도 합니다. 그러나 이는 단지 자신의 메마른 감정과 무감각에서 오는 고통을 감추기 위한 것입니다.

무감각한 사람들은 논쟁할 때도 상대방이 느끼는 감정

을 전혀 공감하지 못합니다. 그들은 순전히 '사실' 자체에만 집중함으로써 상대방에게 당혹감과 화, 오해를 불러일으킵니다. 따라서 다른 사람들은 이들에게 자신의 감정과 갈망, 소망을 전혀 전달할 수 없습니다. 겉으로 보기에는 메마르고 무감각한 사람들이 강인한 사람처럼 보일 수 있습니다. 그들이 자신의 감정에 신경을 쓰지 않기 때문이죠. 그러나 사실 그들은 영혼 없는 로봇과 같습니다. 사람들은 그들과 가까워지려고 하지 않기에, 결국 그들은 고립될 수밖에 없습니다.

감정은 빛을 보고 싶어 합니다.
밖으로 나오고 싶어 합니다.

감정이 메마른 사람들도 외로움을 느낄 때가 있습니다. 그때 저는 그들에게 그 감정을 표현해 보라고 권합니다. 그들은 이런 외로운 감정을 깊이 느낄 필요가 있습니다. 그러면 적어도 하나의 감정을 경험하게 될 테니까요. 또 저는 그들에게 자기 몸의 감각을 느껴 보라고 권합니다. 이를테면 이렇게 말합니다.

"건조한 피부의 감촉이 어떻습니까? 메마름도 감정입니

다. 무감각도 인식하고 느낄 수 있습니다."

만약 누군가가 자신의 메마른 감정에 고통받고 있다면, 어쨌든 그는 무언가를 느끼고 있는 것입니다. 저는 그를 감정으로 이끌려고 합니다. 그러면 그는 세상에 감정이 없는 사람은 없다는 걸 깨닫습니다.

감정이 약하게 표현되거나 메마를 수는 있습니다. 그러나 메마른 표면 아래에는 여전히 여러 감정들이 존재합니다. 억압된 감정의 콘크리트층 아래에 숨겨진 감정을 다시 발견하려면 주의력과 섬세함이 필요합니다. 감정은 빛을 보고 싶어 합니다. 밖으로 나오고 싶어 합니다.

마음 깊은 곳에 자리한 나 자신을 느끼려 노력하십시오. 억눌린 감정의 콘크리트층에 구멍을 뚫고 들어가 그 밑에 갇혀 있는 감정과 만나십시오. 그러면 감정은 다시 천천히 솟아오를 것입니다. 메마른 땅 한복판에서 감정의 꽃이 피어나기 시작하고, 다시 생기가 넘칠 것입니다.

2부

내 안의 감정 섬세하게 다시 보기

세 번째 강의 :

새로운 삶의 기준을 발견하는 감정들

— '화'에서 '쾌락'까지

화

상황을 바꾸는 유용한 힘

화는 끊임없이 우리를 습격하는 감정입니다. 화를 뜻하는 독일어 'Ärger'는 '심한, 악한, 나쁜'을 뜻하는 'arg'에서 유래되었습니다. 이때 'arg'는 '진동하다, 떨다, 격하게 흥분하다'를 뜻하는 'ergh'와 뿌리가 같습니다. 따라서 화낸다는 건 무언가를 더 심하고, 더 악하고, 더 나쁘게 만드는 것입니다. 우리가 어떤 일에 화를 내면, 그 사건을 더욱 악화시키는 셈입니다. 이때 우리는 화 속으로 빠져들며, 세상을 어둡게 보는 선글라스 끼고 모든 것을 나쁘게, 악하게만 보게 됩니다.

'화내다'의 독일어 표현은 'sich ärgern'입니다. 재귀대명

사 'sich'는 화를 내는 사람이 바로 '나'라는 사실을 명확히 합니다. 즉 내가 어떤 일에 대해 화를 낼지 말지는 내 선택이라는 겁니다. 이는 화를 내는 것에 대한 책임이 나에게 있다는 뜻입니다. 물론 누군가가 우리를 화나게 하거나 불운한 일이 생기는 것을 막을 수는 없습니다. 첫 번째 반응은 나의 통제 밖에 있으니까요. 하지만 하루 종일 툴툴대며 화를 점점 더 키워 가는 것은 내 책임입니다.

화는 공격성과 관련이 있습니다. 사실 화는 우리가 화난 사건을 마음속에서 털어내고, 우리를 화나게 하는 것에서 벗어나도록 하는 초대입니다. 화에는 부정적인 말이나 사건에서 거리를 두게 하는 힘이 있습니다. 때로는 화가 변화를 만들어 주는 계기가 되기도 합니다. 예를 들어 업무가 계속 잘못되어 화가 난다면, 그 화는 문제를 해결하기 위해 회의를 소집하도록 우리를 움직입니다. 이 경우 화는 더 나은 해결책을 찾는 데 도움을 줍니다.

화에는 나를 화나게 한 나쁜 말이나 사건으로부터
거리를 두게 하는 힘이 있습니다.

헤르만 헤세는 이렇게 말합니다.

"우리 안에 없는 것은 우리를 자극하지 않는다."

어떤 사람이 나를 화나게 한다면, 그것은 그가 내가 받아들일 수 없는 무언가를 건드렸다는 것을 보여줍니다. 화는 우리에게 자신의 그림자를 상기시켜 그것과 화해하도록 합니다. 이 감정은 일종의 거울로, 그 안에서 우리 자신을 잘 들여다봐야 합니다.

하지만 이것은 한 가지 측면일 뿐입니다. 헤세의 말을 절대적으로 받아들인다면 "내가 화내는 것은 언제나 내 잘못이다. 내 안에 뭔가 문제가 있다. 그러므로 내 안에서 무엇이 잘못되었는지 살펴봐야 한다"고 할 수 있습니다.

그러나 화가 가진 또 다른 기능도 있습니다. 화는 우리에게 부정적인 영향을 미치는 사람들로부터 거리를 두게 합니다. 누군가가 계속해서 나를 화나게 한다면, 나는 이렇게 생각해 볼 수 있습니다.

'그 사람 안에 불만이 얼마나 많으면 계속 나를 비판할까?'

'상처가 얼마나 깊으면 나에게 되갚으려는 것일까?'

'겉으로 보이는 불쾌감과 불평이 저 정도인데, 그 속은

오죽할까?'

내가 이렇게 스스로에게 질문할 수 있다면, 화는 나에게 그 사람과 거리를 두라는 초대입니다. 그 사람은 불평불만으로 가득할 수 있지만, 그것은 그 사람의 문제이니 그 사람에게 맡겨 두어야 합니다.

화는 우리의 어두운 면을 상기시킵니다.
그것과 우리를 화해시키기 위함입니다.

마르코복음은 화에 대해 이렇게 이야기합니다. 예수님이 한쪽 손이 오그라든 사람을 치유하려 할 때, 바리새인들은 예수님을 고발할 트집을 잡기 위해 그분을 지켜보고 있었습니다. 그때 예수님은 "그들의 마음이 완고한 것을 몹시 슬퍼하면서"(마르 3, 5) 그들을 둘러봅니다. 이 대목에서 화는 '분노'로 바뀝니다. 그러나 예수님은 바리새인들에게 소리치지 않습니다. 오히려 분노는 예수님이 그들과 거리를 두게 하는 힘이 됩니다. 예수님은 이렇게 말합니다.

"너희들의 완고함은 너희들의 문제다. 나는 하느님이 내게 맡기신 일을 할 것이다. 나는 너희에게 권한을 주지 않는다."

말하자면 예수님은 분노에서 힘을 얻어 바리새인들의 권세에서 벗어날 수 있게 됩니다. 그러나 그분은 단순히 거리를 두는 것으로 끝내지 않습니다. 슬픔 속에서도 그들과 함께하려 합니다. 예수님은 바리새인들에게 권한을 주진 않지만 그들을 포기하지 않습니다. 바리새인들과도 함께 길을 가기를 원하는 예수님은 그들에게 손을 내밉니다. 그러나 그들은 그 손을 거부합니다. 신랄한 비판을 고집하며, 예수님을 죽이기로 결정합니다.

이 이야기를 읽고 나면, 일상에서 우리는 우리의 화를 어떻게 다룰 수 있을지에 대한 물음이 생깁니다. 방법은 여러 가지가 있습니다. 첫 번째 방법은 화를 인식하고, 그것이 나에게 무엇을 말하려 하는지 자문하는 것입니다.

'이것은 나를 화나게 하는 사람과 거리를 두거나 무언가를 바꾸라는 신호일까? 아니면 내 안의 화를 표현하고, 상대방과 대화를 통해 문제를 해결하라는 것일까? 또는 다른 사람들과의 일에 너무 많은 무게를 두지 말고 나 자신에게 집중하라는 신호일까?'

화를 억누르는 것이 목적은 아닙니다. 먼저 화 뒤에 무엇이 숨어 있는지 확인해야 합니다. 즉 화와 대화하여 그것이 무엇을 말하려 하는지를 알아야 합니다. 그것이 명확해지면, 우리는 화를 다른 방식으로 다룰 수 있고 적절하게 표현할 수 있습니다. 중요한 것은 화를 표현할 방법을 찾는 겁니다.

한 교사는 교무회의 때마다 회의록 작성을 담당했습니다. 그러다 암 발병 후, 그녀는 더 이상 그 일을 맡지 않기로 결심했습니다. 하지만 교장은 그 교사에게 아무도 그녀만큼 이 일을 잘하지 못한다면서 회의록 작성을 계속 맡아 달라고 요청했습니다. 교사는 화가 났지만 결국 그 일을 계속했습니다. 어느 날 교사는 저에게 와서, 교장이 자신의 요청을 진지하게 받아들이지 않았다고 하소연했습니다. 저는 그녀에게 이렇게 말해 주었습니다.

"어쩌면 그것은 당신이 스스로를 진지하게 여기지 않았기 때문일 겁니다. 당신이 화가 난다면, 교장이 당신의 말을 진지하게 받아들일 수 있도록 분명하게 표현해야 합니다."

그렇다면 화를 어떻게 표현해야 할까요? 때로는 다른

사람에게 화를 분명히 표현하는 것이 유익할 수 있습니다. 다만 엉뚱한 사람이 아니라, 화와 관련 있는 당사자에게 적절하게 표현해야 합니다. 우리는 종종 전혀 상관없는 사람에게 화를 쏟아붓습니다. 사실 이 화는 상대에게 향한 것이 아니라 우리 안에 쌓여 있던 겁니다. 이것은 적절한 표출 방법이 아닙니다. 또 어떤 사람은 화가 나면 폭발합니다. 그러나 폭발 후에는 그 파편을 스스로 수습해야 합니다. 이런 표출 방법은 그다지 도움이 되지 않습니다.

우리는 화에 휘둘리는 대신, 그것을 적극적으로 표현해야 합니다. 그리고 그것이 긍정적인 결과를 가져오도록 해야 합니다.

또 다른 방법은 화에서 벗어나는 것입니다. 때로는 우리가 상황을 변화시킬 수 없는 화도 있습니다. 이럴 땐 어떤 식으로든 화를 풀어내야 합니다. 어떤 사람들은 달리기를 하거나, 차 안에서 혼자 소리를 지르거나, 장작을 패는 등의 신체 활동을 통해 화를 풉니다.

신체 활동은 우리의 영혼뿐만 아니라 몸에 쌓인 화를 해소하는 데도 도움이 될 수 있습니다. 이처럼 우리는 화를 다루는 자기만의 방법을 찾아야 합니다. 화가 난다고 대책 없이 화를 터뜨릴 것이 아니라 창의적으로 그것을 다룰 방법을 찾아야 합니다. 화에는 항상 의미가 있습니다. 그러니 그 의미를 이해하고, 상황을 변화시키기 위해 화를 유용하게 사용하는 것이 중요합니다.

반감
내 어두운 면을 비추는 거울

첫눈에 벌써 정이 가는 사람이 있는가 하면, 보자마자 반감이 생기는 사람도 있습니다. 반감을 뜻하는 독일어 'Antipathie'는 '반대하는, 좋아하지 않는'을 뜻하는 'anti'와 '비애, 고통, 열정'을 뜻하는 'Pathos'가 합쳐진 말입니다. 우리의 감정과 열정이 상대방에게서 등을 돌린다는 의미입니다. 그 사람을 생각하면 괴롭고, 마음속 깊은 곳에서 강한 거부감이 생깁니다.

반감이 생기는 이유를 곰곰이 생각하다 보면, 그 사람이 우리로 하여금 어린 시절에 겪은 불쾌한 기억을 떠올리게 한다는 것을 깨닫게 됩니다. 예를 들어 그 사람을 보면 화를 내던 아버지나 우울해하던 어머니가 생각나는 것이죠. 그 순간 반감이 생기고, 그 감정은 그 사람에게 너무 가까이 가지 말라는 마음의 경보음이 됩니다. 이것은 인격에 대한 평가가 아니라 그저 가까이하지 않는 게 좋겠다는 마음의 충고입니다. 내가 싫어하는 내 모습을 상기시키는 사람에게도 우리는 반감을 느낍니다. 애써 회피해 왔던 내 어두운 면을 보여주는 사람이 있으면, 나는 그것을 보고 싶지 않기 때문에 그 사람과는 관계를 맺지 않으려 합니다.

반감은 우리 안에서 자연스럽게 생기는 감정입니다. 따라서 스스로를 비난할 필요가 없습니다. 반감이 생기는 건 우리의 잘못이 아닙니다. 그러나 이 감정을 어떻게 다룰지에 대한 책임은 우리에게 있습니다. 우리는 반감이 들게 한 그 사람을 '반감'과 동일시해선 안 됩니다. 그 사람의 인격 자체를 거부해선 안 됩니다. 오히려 그 사람을 자세히 관찰하고, 그를 거울삼아 나 자신을 돌아봐야 합니다. 여전히 반감을 느끼더라도, 그 사람에게 다른 좋은 면이 있을 거라고 생각해야 합니다.

우리 마음속에 생긴 반감을 인식하고 받아들이되, 그 감정에서 한발 물러나 그 사람을 우호적인 시선으로 바라보려고 노력하십시오. 내가 그를 믿음의 눈으로 본다면,

그 사람에게서 좋은 면도 발견할 수 있을 것입니다. 반감을 일으키는 겉모습 뒤에 선한 씨앗이 숨겨져 있다고 믿으십시오. 이 선한 씨앗의 존재를 믿으면, 그 사람도 자기 자신의 불쾌한 모습으로 인해 고통받고 있다는 생각을 해볼 수 있습니다. 반감 때문에 생긴 내 마음의 괴로움은 결국 그 사람의 마음속에 있는 괴로움까지도 돌아보게 합니다. 아마도 그 사람은 다른 이에게 반감을 불러일으키는 자기 모습 때문에 괴로워할지도 모릅니다. 어쩌면 그 사람은 나에게만 반감을 일으키는 게 아닐지도 모릅니다. 그 사람 스스로도 자신의 모습을 견디기란 쉽지 않을 것입니다.

나와 그 사람의 마음속에 생긴 이런 괴로움을 느끼는 순간부터 반감은 연민으로 바뀔 수 있습니다. 연민에는 그 사람이 반감을 불러일으키는 부정적인 면을 서서히 없앨 수 있다는 희망이 담겨 있습니다. 희망이 있다면 우리는 그 사람이 자기 자신과 조화를 이루어 스스로를 사랑하고, 다른 사람들에게 반감 대신 정감을 불러일으키기를 진심으로 빌어 줄 수 있습니다.

우리는 그 사람을 자세히 관찰하고,
그를 거울삼아 나 자신을 돌아봐야 합니다.

슬픔

새로운 가능성으로의 전환

자식을 잃은 부모 모임에서 교통사고로 딸을 잃은 어머니를 만났습니다. 그녀는 "친구들과 지인들이 저를 전염병 환자처럼 멀리하는 것 같아요. 그래서인지 외톨이가 된 기분이에요"라고 털어놓았습니다. 이렇게 말하면서도 그녀는 친구들을 이해하려 애썼습니다. 아마도 그들이 어떻게 슬픔을 위로해야 할지, 무슨 말을 해야 할지 몰라서 그랬을 것이라고 말입니다. 그러나 이런 식으로 다른 사람을 이해하는 노력은, 사실 자신이 혼자 남겨진 고통을 견디지 않으려는 자기 위안에 불과합니다.

'슬픔을 보이면 안 돼. 내 슬픔이 다른 사람을 불편하게 할 거야. 그들은 평소처럼 똑같이 지내고 싶어 해. 그들은 내 슬픔을 싫어한다고. 하지만 당분간은 내가 슬픔에 빠져 살 수밖에 없으니, 결국 그들이 나를 피하는 거야.'

친구들의 외면이 생각할수록 마음이 아팠던 그녀는 급기야 이런 생각을 하게 된 것입니다.

> 내 삶과 신에 대해 스스로 만들어낸 환상을
> 지울 수 있을 때 비로소 슬픔을 극복할 수 있습니다.

사랑하는 사람이 죽으면, 슬픔은 우리를 감정의 혼돈 속으로 몰아넣습니다. 우리는 사랑하는 사람을 잃은 고통에 괴로워합니다. 처음에는 사랑하는 아버지, 어머니, 친구, 자녀와 더는 얘기를 나눌 수 없다는 사실을 인정하고 싶지 않습니다. 그래서 우선 슬픔을 억누릅니다. 그 슬픔을 받아들이면 마치 땅이 꺼지는 듯한 기분이 듭니다. 뭘 어떻게 해야 할지 머릿속이 깜깜합니다. 이때는 신앙도 소용없습니다. 신앙이 아픔을 덜어주지 못합니다.

슬픔에는 여러 감정이 섞여 있습니다. 처음에는 상실의 고통이 가장 큽니다. 사랑하는 사람을 잃고, 그와 영원히 이별하는 것은 말로 표현할 수 없는 고통입니다. 여기에 허무함이 더해집니다. 소중한 사람이 곁에 없는 삶은 무의미해 보입니다. 앞으로 어떻게 살아야 할지 막막하기만 합니다.

그러나 슬픔과 고통 속에 다른 감정들도 함께 섞여 있습니다. 나는 그 사람과 영원한 이별 후에 비로소 우리의 관계를 돌아보게 됩니다. 그 관계가 항상 사랑이 넘치고 조화로웠던 것만은 아님을 인식합니다. 때로는 갈등도 있었고, 오해와 상처도 있었습니다. 그런 생각이 떠오르면 화가 솟구치기도 합니다. 하지만 그런 감정을 느끼는 것을 허락하지 않습니다. 왜냐하면 나는 고통을 느껴야 하니까요. 그러나 슬픔을 애도하는 과정은 고인이 된 사람과의 관계를 인식하고 고마웠던 일, 그 사람의 소중함 그리고 그 사람이 준 상처까지도 정리하는 것을 포함합니다. 이 과정은 결국 죽은 사람과의 관계를 돌아보며, 그동안 묻어 두고 미처 다 처리하지 못한 감정을 해결하는 시간입니다. 그래야 정말로 그 사람을 보내고 슬픔도 내려놓을 수 있습니다.

슬픔의 과정에서 죄책감도 올라옵니다. 고인에게 사랑한다는 말을 충분히 하지 못했던 것이 후회됩니다. 고맙다는 말도 하지 못했으며, 작별 인사조차 제대로 나누지 못했습니다. 그리고 그 사람에게 준 상처들이 생각납니다. 한 여인은 남편과의 마지막 대화가 다툼 중에 했던 비난이었기 때문에, 남편이 갑자기 세상을 떠난 후 큰 죄책감을 느껐습니다. 이럴 땐 하느님께 죄책감을 맡기고 그분이 내 죄를 용서하시리라 믿어야 합니다.

죽은 사람이 이제 하느님 곁에 있다고 생각하십시오. 고인이 평화를 얻었다고 상상을 해봅니다. 그는 어떤 비난과 질책도 하지 않습니다. 그는 나 자신을 용서했습니다. 그러므로 나도 나를 용서해야 합니다. 고인은 내가 계속해서 죄책감에 빠져 살기를 원치 않을 것입니다. 그는 내가 지금까지처럼 계속 살아가길 바랍니다.

나는 단지 고인을 위해서만 슬퍼하는 게 아닙니다. 사랑하는 사람의 죽음과 더불어 부서진 내 꿈을 애도합니다. 내가 꿈꾸고 상상했던 삶, 남편이나 아내, 아버지나 어머니, 자식과 함께 보낸 내 인생이 죽음으로 무너졌습니다. 이제 나는 나 자신을 애도해야 합니다. 더는 바라던 대로 진행되지 않을 내 삶을 애도합니다. 사랑하는 사람의 죽음은 종종 이제는 살지 못하게 된 삶에 대한 후회를 불러일으킵니다. 그러므로 슬픔은 항상 지금까지 살지 못한 삶에 대한 슬픔이기도 합니다.

독일의 정신분석학자 마르가레테 미처리히는 슬픔을 연구하면서 '슬픔의 유용성'을 확인했습니다. 우리는 살면서 부서진 꿈, 놓친 기회, 평범한 재능, 무미건조했던 부부 사이, 가족, 공동체 생활 등에서 많은 슬픔을 겪습니다. 슬픔을 회피하는 사람은 영혼이 얼어붙게 됩니다. 애도는 놓친 기회와 부서진 꿈에 대한 아픔을 온전히 느끼며 마음 깊은 곳에 도달하는 것을 의미합니다. 마음 깊은 곳에서 우리는 삶의 새로운 가능성과 자신을 만납니다. 아픔 속에서 마음의 평화와 자신의 진정한 정체성을 감지하게 됩니다.

슬픔 속에서 아픔을 온전히 겪어내지 않으려는 사람은 두 가지 반응으로 상실감을 메우려 합니다. 계속해서 불평하거나 자기 연민에 빠지는 것입니다. 무미건조했던 부부 생활을 슬퍼하는 대신, 사랑이 식은 것을 불평합니다. 모든 것이 일상적이고 평범했던 것을 불평합니다. 늘 자기 연민에 빠져 한걸음도 내딛지 않으며 탓할 사람을 찾습니다. 부부관계가 나빠진 것은 아내 혹은 남편 탓이고, 직장에서의 꿈이 부서진 것은 고용주 탓입니다. 불평과 비난 속에서는 고통을 온전히 뚫고 나가지 못하고 표면에만 머물게 됩니다. 그 결과 아무런 발전도 없고, 슬픔이 새로운 가능성으로 전환되는 일도 일어나지 않습니다.

내 삶과 신에 대해 스스로 만들어낸 환상을 지울 수 있을 때 비로소 슬픔을 극복할 수 있습니다. 선택지는 둘뿐입니다. 환상을 지워 슬픔을 극복하고 새로운 가능성으로 삶을 출발할 것인가, 아니면 환상을 부여잡고 있다가 사랑하는 사람의 죽음과 함께 무너질 것인가.

한 여인이 제게 신앙심이 깊었던 서른여덟 살 아들의 죽음에 대해 이야기한 적이 있습니다. 그녀는 아들을 데려간 하느님을 원망했습니다. 저는 하느님을 원망하는 그녀의 마음을 이해한다고 말해 주었습니다. 그리고 원망은 반드시 하느님께 귀의하는 것으로 끝나야 한다고 강조했습니다. 그러나 그녀는 제 말을 진심으로 받아들이지 않았습니다. 그녀는 자신의 삶과 신에 대해 스스로 만들어낸 환상을 부여잡고 있었습니다. 그녀가 상상하는 신이라면, 주일을 꼬박꼬박 잘 지킨 착한 아들을 그렇게 일찍 데려갈 수 없기 때문입니다. 그런데 아들이 죽었습니다. 그러니 이제 그녀는 하느님에 대해 더는 알고 싶지 않습니다. 70년간 의지했던 하느님을 마음에서 떼어내는 순간 그녀는 무너질 것입니다. 슬픔은 아들이 늙은 나를 부양할 거란 기대, 오직 어머니로만 살아야 한다는 자아상, 자기가 만들어낸 하느님에 대한 환상을 지우는 과정입니다. 그러면 삶의 새로운 가능성을 향해, 진짜 자아를 향해, 이해할 수 없는 모든 일에도 불구하고 영원히 사랑인 하느님을 향해 새로 출발할 수 있습니다.

슬픔은 내 안에 있는 새로운 가능성에 닿게 합니다. 슬픔은 죽은 사람과의 새로운 관계로 나를 안내합니다. 그의 죽음을 받아들이면서 나는 그와 새로운 관계를 맺을 수 있습니다. 이제 그는 내 내면의 동행자가 됩니다. 때때로 나는 꿈에서 고인을 만납니다. 그러면 그 사람이 계속 나를 안내하며 동행하는 기분 혹은 지금 잘살고 있다는 인정과 격려를 받는 기분이 듭니다. 그에게 동행해 달라고, 뒤에서 지지해 달라고, 내가 갈 수 있는 길을 보여 달라고 청해도 됩니다. 또한 슬플 땐 이렇게 물을 수 있습니다.

"네가 전하고 싶은 메시지는 무엇일까?"
"너는 내가 네 삶과 죽음에 어떻게 반응하기를 원할까?"
"이제 너 없이 나는 어떻게 살아가야 할까?"

여러 번 유산으로 아이들을 잃은 한 여인은 오랜 슬픔의 시간을 보낸 후 이렇게 말할 수 있었습니다.
"내 아이들은 마치 천사와 같아서 항상 내 곁에서 나를 도와줍니다. 특히 어려움에 처한 아이들에게 다가가 나의 교육 지식과 기술로 그들을 돌볼 힘을 줍니다."

고독

성장의 기회

오늘날 많은 사람들이 고독으로 고통받고 있습니다. 그들은 보호받지 못하고 혼자 버려진 듯한 쓸쓸함을 느낍니다. 사람들과 하느님, 자기 자신, 창조물과 관계를 맺지 못할 때 극심한 고독을 느낍니다. 그때 나는 정말로 완전히 혼자가 되어 모두에게서, 심지어 어머니에게서도 버림받은 느낌을 받습니다. 오늘날 우리가 고독이나 혼자 있는 것에 대해 이야기할 때, 대부분 부정적인 측면에 맞춰져 있습니다. 하지만 고독은 인간에게 본질적인 것입니다. 모든 인간은 유한하며, 살다 보면 혼자라고 느끼는 순간들이 있고, 홀로 자기 길을 가야 하는 순간들도 있기 마련입니다. 그런 상황이 제아무리 늦게 온다 해도, 인간은 누구나 죽을 때는 혼자일 수밖에 없습니다.

시인과 사상가들은 고독을 좀 더 긍정적으로 바라보았습니다. 그들은 고독을 인간의 본성으로 보았습니다. 개신교 신학자 파울 틸리히는 "종교는 각자가 자신의 고독을 인식하고 어떻게 다룰지 결정하는 과정에 관한 것이다"라고 말합니다. 신앙은 구원과 안식을 구하는 것만이 아니라, 궁극적으로 자신의 고독을 알고 하느님께 그것을 맡기며, 하느님 곁에서 그의 보호를 느끼려고 애쓰는 것입니다.

스웨덴의 정치가이자 신비주의자인 다그 함마르셸드는 이렇게 말합니다.

"당신의 고독이 촉수가 되기를 기도하라. 당신의 고독이 삶을 위해 할 수 있는 무언가를 찾고, 그것을 위해 죽을 만큼 위대한 무언가를 찾아내는 촉수가 되기를 기도하라."

우리는 고독을 자신을 초월하여 성장하도록 자극하는 촉수로 사용해야 합니다. 고독 속에 갇혀 외롭다는 감정만 부여잡고 있으면 고독은 우리에게 해가 됩니다. 그러나 관계에서 나 자신보다 더 큰 무언가를 발견하기 위한 도전 과제로 본다면, 고독은 새로운 의미를 갖게 됩니다. 고독은 나를 하느님께 인도하거나 타인에게 도움이 되는 일을 하게끔 이끌 수 있습니다.

> 관계에서 나 자신보다 더 큰 무언가를
> 발견하기 위한 도전 과제로 본다면,
> 고독은 새로운 의미를 갖게 됩니다.

　독일어에서 'einsam고독'과 관련이 있는 단어는 'allein 혼자'입니다. 두 단어는 'eins하나'와 관련이 있습니다. 이것은 개인 한 사람을 뜻하기도 하지만 인간의 본질을 뜻하기도 합니다. 인간은 혼자가 되라는 소명을 받았습니다. 두 단어 'einsam'과 'allein'은 본래 긍정적인 의미였습니다. 'einsam'에 붙은 접미사 '-sam'은 '일치하다, 연결되다'라는 뜻입니다. 그러므로 'einsam', 즉 고독한 사람은 나 자신과 내적으로 일치하는 것이고, 온전한 자기 자신이 된다는 뜻입니다.

　스위스 작가 페터 셸렌바움의 말을 빌리면, 'allein'도 비슷하게 해석할 수 있습니다. 'allein'은 'all모두'과 'eins하나'가 합쳐진 말로, 모두와 하나가 된다는 건 대단히 놀라운 일이라고 셸렌바움은 말합니다. 고독 속에서 모두와 하나가 된 사람은 그 때문에 고통받지 않으며, 오히려 스스로 존재하는 모든 것과 조화를 이룹니다. 그는 하느님과 자기 영혼, 더 나아가 모든 사람과 조화를 이룹니다.

헤르만 헤세는 그의 시에서 고독이란 주제를 다루었습니다. "삶은 고독이다. 아무도 다른 사람을 알지 못하며, 모든 사람은 혼자다"라는 말도 그가 한 말입니다. 고독은 확실히 인간에게 본질적인 것입니다. 다른 사람은 물론이고, 심지어 내 배우자조차도 모르는 자신만의 영역이 있습니다. 그렇기에 결혼 생활에서도 고독은 존재합니다. 헤세는 자신의 다른 시에서 고독과 혼자 있는 것이 무엇을 의미하는지 설명합니다.

너는 말을 타고 갈 수도 있고, 차로 갈 수도 있으며,
둘이나 셋이서 갈 수도 있다.
그러나 마지막 걸음은
혼자서 걸어야 한다.
모든 어려운 것을
혼자서 하는 것,
그보다 더 뛰어난 지혜도
능력도 없다.

어떤 관계에서든, 차를 타고 가든 말을 타고 가든, 누군 가와 함께하는 모든 일에서 우리는 두 가지를 명심해야 합니다. 여행의 마지막 걸음, 즉 죽음의 문턱은 혼자서 넘어야 합니다. 그리고 모든 어려운 것을 혼자서 감당해야 함을 아는 것이야말로 가장 높은 지혜입니다. 우리의 마음을 움직이는 것, 양심을 자극하는 모든 일을 우리는 혼자 해야 합니다. 다른 누구에게도 결정을 맡길 수 없습니다. 철저히 혼자서 결정하고 그에 대한 책임도 혼자 져야 합니다.

회사, 단체, 정치, 가족 등에서 다른 사람들을 책임지는 리더는 늘 내면의 고독을 경험합니다. 그는 모든 일을 다른 사람에게 다 해명할 수 없습니다. 리더는 직원들의 의견을 듣고 의논하지만, 혼자 결정을 내려야 하는 때가 옵니다. 그리고 그 결정은 혼자 내려야 합니다. 이때 고독을 느낍니다. 이처럼 인생에는 아무도 동행할 수 없는 영역이 있습니다. 고독 속에서 우리는 말로 설명할 수 없는 비밀을 만납니다.

프리드리히 니체는 이런 경험을 다음과 같은 말로 표현했습니다.

"마지막 고독을 아는 사람이 마지막 일을 안다."

고독은 우리를 존재의 근원으로 데려갑니다. 그곳에서

우리는 세상의 비밀, 하느님의 비밀, 자기 자신의 비밀을 만납니다.

고독은 인간 존재의 한 축입니다. 우리는 그것을 도전으로 받아들여야 합니다. 자기 자신과 하나가 되고, 자기의 정체성을 찾으며, 동시에 신의 품 안에서 자신을 초월해 나아가야 합니다. 이때 고독은 모든 관계의 시작점이 됩니다. 그리고 우리가 신의 보호를 경험할 때 비로소 고독을 풍요롭게 느낄 수 있습니다. 고독 속에서 우리는 신의 품을 경험합니다. 이 세상이 신의 품 안에 있으므로 우리는 세상에서 버림받은 게 아니라 신의 품, 곧 세상의 품에 있는 것입니다.

보호를 뜻하는 독일어 'Geborgenheit'는 'bergen감싸다'에서 왔습니다. 그것은 우리가 '산Bergen'으로 둘러싸인 피난처에서 보호받는 것을 의미합니다. 보호는 안전함을 뜻합니다. 이때 안전함은 보호받고, 지지받고, 지켜진다는 느낌을 의미합니다. 심리학자들에 따르면, 오늘날 점점 더 많은 사람들이 보호받지 못하고 버림받은 듯한 기분을 느낍니다. 그들에게는 보호받고 있으며, 안전하다고 느낄 수 있는 내적, 외적 장소가 없습니다. 그들은 자신이 공격에 노출되었다고 느낍니다. 이때 무엇보다 내적 안정감이 필요합니다. 그곳에는 적대적 공격자들—사람이든 생각이든 감정이든—이 접근할 수 없습니다. 이런 공간에서 안정감을 경험한 사람은 혼자서도 잘 지낼 수 있고, 고독을 즐길 수 있습니다. 그는 고립감을 느끼며 쓸쓸해하기보다 자신과 세상, 신과 하나가 됩니다.

지루함

깨어나라는 신호

수업 내용이 학생들의 흥미를 끌지 못하면 학생들의 생각은 이리저리 떠다닙니다. 이런 경험은 단지 학생들만 하는 게 아닙니다. 어른들도 영화나 연극을 볼 때 재미가 없으면 지루함을 느낍니다. 책이 지루할 수도 있고, 아무 말도 하지 않는 누군가와의 만남도 지루할 수 있습니다. 아무런 영감도 받지 못하는 대화나 강연을 지루하게 느끼기도 합니다. 아무 일도 생기지 않는 일요일 오후도 지루해합니다.

지루함은 언제나 마음의 상태를 나타냅니다.
우리는 휴식, 고요, 멈춤을 누리지 못하기 때문에

독일어 '지루함Langeweile'은 '긴Lange'과 '시간, 여가Weile' 가 합쳐진 말로, 원래 의미는 '휴식, 고요, 멈춤'을 의미하는 긍정적인 단어입니다. 그러나 휴식도 너무 길어지면 지루해집니다. 우리는 아무 일도 일어나지 않는다고 느끼면 지루함을 부정적인 감정으로 인식하게 됩니다. 프리드리히 니체는 이 상태를 '영혼의 무풍無風 상태'라고 표현하기도 했습니다.

부정적인 의미의 지루함은 단순히 시간이 길게 느껴지는 것만이 아니라, 시간을 온전히 의식하며 보내지 못하는 무능력에서 비롯됩니다. 만약 우리가 지금 이 순간에 온전하게 존재할 수 있다면 결코 지루함을 느끼지 않을 겁니다. 그러나 우리가 나 자신과 함께하는 법을 모르면, 잠시라도 혼자 있거나 업무와 업무 사이에 시간이 비어 있을 때 지루함을 느낍니다. 따라서 지루함은 언제나 영혼의 표현이라 할 수 있습니다. 우리 영혼은 휴식과 고요, 멈춤을 즐기지 못할 때 지루해합니다. 우리는 늘 뭔가를 해내야 한다는 강박을 느끼고, 평소 우리를 압박했던 요구와 일정, 과제로부터 자유로울 때 공허함을 느낍니다.

문제는 지루함을 어떻게 다루느냐입니다. 옛날 수도자들은 지루함을 'Akedia', 즉 '무기력'이란 개념으로 설명했습니다. 현재 하는 일, 작업, 기도, 쉼에 완전히 집중하지 못하면 우리는 모든 것이 지루해집니다. 자신이 맡은 일도, 기도도, 휴식도 지루하게 느껴집니다. 그러다 보면 아무것도 하지 않는 시간을 즐길 수 없게 됩니다.

이럴 땐 지루함을 견디며 지루함에서 들리는 소리에 귀를 기울이십시오. 지루함에 귀를 기울이면 이 감정의 깊은 곳에 숨어 있는 삶에 대한 과장된 욕구를 발견하게 될 것입니다. 나 자신이 최고가 아니고, 모든 것이 훌륭하지 않다고 생각하기 때문에 삶을 지루하게 느끼는 것입니다. 내가 무엇을 원하는지조차 모를 때도 있고, 게으름뱅이가 천국을 바라는 유아적인 욕구로 가득 차 있을 때도 많습니다. 그러나 지루함을 느끼는 사람에게는 낙원조차 지루할 수 있습니다. 내 무릎에 떨어진 것을 먹는 것조차 지루하다고 생각할 수 있기 때문입니다. 따라서 지루함은 잠에서 깨어나 내가 존재한다는 것을 인식하고 감사하라는 초대입니다. 만약 우리가 어떤 대상과 진심으로 교감할 수 있다면, 그 어떤 것도 지루하지 않습니다. 그러나 나 자신과 교감하지 못하면, 어떤 사물이나 다른 사람들과도 제대로

된 관계를 맺지 못합니다. 그러면 모든 것이 지루해집니다. 어떤 것에도 감동하지 못하면 남는 것은 지루함뿐입니다.

만약 우리가 지금 이 순간에 온전하게 존재할 수 있다면, 결코 지루함은 없을 겁니다.

언제나 뭔가를 해내야 하는 건 아닙니다.
온전히 지금 이 순간에 살면 지루하지 않습니다.

（두려움）

삶의 새로운 기준을 발견하라는 초대

두려움이란 감정을 모르는 사람은 없을 것입니다. 삶은 곧 변화의 연속입니다. 우리는 종종 새로운 것을 시작할 때, 과연 그 일을 잘 해낼 수 있을지 확신하지 못합니다. 익숙한 것을 포기해야 할 때 다가올 고통스러운 상실감에 사로잡히기도 합니다. 이럴 때 대부분 두려움을 느낍니다.

두려움은 우리가 통제할 수 없는 감정 중 하나로, 우리를 압도할 수도 있습니다. 우리는 부정적 감정인 두려움에서 벗어나고 싶어 하지만, 쉽지 않습니다. 하지만 종종 두려움과 맞서 싸울수록 더 강해지는 경험을 하게 됩니다. 많은 사람들에게 두려움은 억눌러야 하는 대상입니다. 이는 두려움을 병적인 것으로 여기는 경향 때문입니다. 그러나 이것은 두려움에 대한 첫 번째 오해입니다. 두려움은 인간의 본성에 속하기 때문에 두려움을 느끼지 않는 사람은 없습니다. 두려움이 없었다면 우리가 지켜야 할 한계를 가늠하기 어려웠을 것입니다. 물론 우리를 덮쳐서 마비시키고 괴롭히는 두려움도 있습니다. 그렇다면 이런 두려움에서 벗어나려면 어떻게 해야 할까요?

첫 단계는 '두려움과 화해하고 대화하기'입니다. 두려움과 대화하면서 그 감정과 친숙해지면 내가 무엇을 두려워하고 있는지 명확해집니다. 막연하던 두려움이 구체화됩니다. 예를 들어 다른 사람들 앞에서 창피를 당할까 봐, 내 약점을 들킬까 봐, 모두가 보는 앞에서 실수를 할까 봐 두려울 수 있습니다. 내가 두려워하는 것들을 살펴보면, 그 속에 숨겨진 내 욕구를 발견하게 됩니다. 예를 들면 우리는 다른 사람에게 좋은 사람이라는 평판을 듣고 싶고, 완벽하고 실수 없는 사람이 되고 싶어 합니다. 그러나 이러한 욕구가 얼마나 비현실적인지 곧 깨닫게 됩니다.

두려움은 내게 비현실적인 욕구를 버리라고 알려줍니다. 또한 내 머릿속에 깊게 자리 잡은 잘못된 기본 가정을 일깨워 줍니다. 가령 "절대 실수해선 안 된다. 만약 실수하

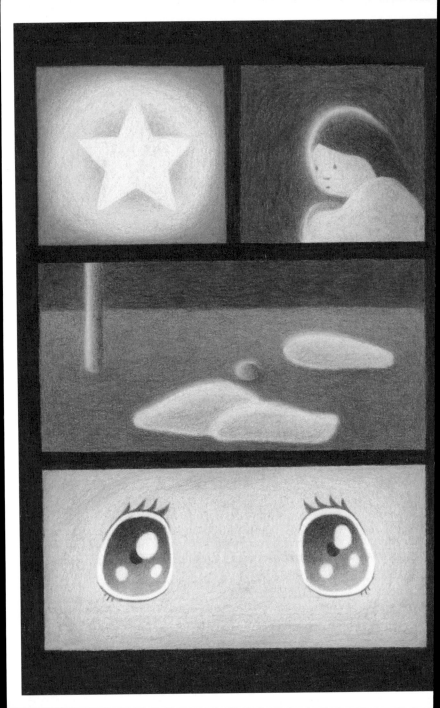

두려움은 삶의 새로운 잣대를 발견하라는 초대입니다.

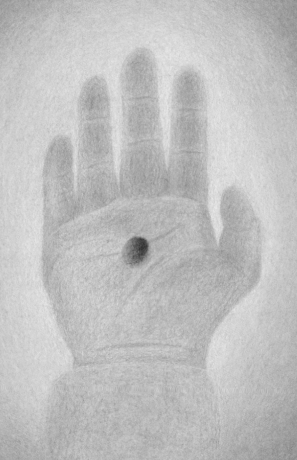

게 되면 나는 가치 없고 형편없는 사람이 되고, 결국 사람들에게 거절당할 것이다"라는 생각이 머릿속에 각인되었다고 합시다. 이런 생각을 명확한 문장으로 표현해 보면, 그것이 얼마나 말도 안 되는지 알 수 있습니다. 비로소 나는 이런 각인된 사고를 의심하게 됩니다. 또한 두려움은 내 존재의 이유를 다른 사람과 그들의 인정에 두는 대신 명료함과 정직함, 진정성 같은 가치에서 찾도록 초대합니다. 제게는 그것이 하느님입니다. 그분을 삶의 바탕에 두면, 다른 사람들이 나를 거절해도 견딜 수 있습니다. 모든 사람의 사랑을 받기 위해 애쓸 필요가 없습니다.

우리를 불안에 떨게 하는 두 번째 두려움도 있습니다. 그중 하나는 병에 대한 두려움입니다. 누구나 암에 걸릴 수 있다는 두려움을 가지고 있습니다. 그래서인지 이제는 암 환자뿐만 아니라 암에 걸릴까 봐 두려워하는 사람들을 위한 병원도 있습니다. 이런 두려움은 단순히 억눌러서는 안 됩니다. 그렇지 않으면 계속 쫓아옵니다. 이때도 두려움과 대화하는 것이 중요합니다. 내 안의 두려움을 끝까지 살펴보고 내가 두려워하는 일이 실제로 발생하는 상상을 해보는 겁니다.

'암에 걸리면 어떻게 될까? 정말로 공황 상태에 빠질까, 아니면 암에 맞서 싸우고 동시에 인생관을 바꾸게 될까?'

병에 걸리더라도 우리는 여전히 신의 품에 있을 것이며, 그분의 품에서 버려지는 일은 결코 없을 겁니다. 두려워하는 일을 받아들이고 그 상황을 충분히 고민한 뒤 신께 암으로부터 보호해 주고 내 건강을 축복해 주고 지켜 달라고 기도할 수 있습니다. 두려움을 통해 우리는 늘 그분의 품 안에 있음을 믿으며, 병에 대한 집착을 내려놓고 살아가도록 초대받습니다. 두려움은 우리의 유한성을 인식하도록 돕습니다. 언젠가 우리는 모두 죽을 것입니다. 그러므로 '지금'을 알아차리고, 현재를 살며, 모든 만남을 의식적으로 받아들이려고 노력해야 합니다.

유대인 치료사 어윈 얄롬은 인간에게 죽음에 대한 두려움이 본질적인 것이라고 말합니다. 그는 죽음에 대한 두려움을 인간의 발달 과정의 일환으로 본 지크문트 프로이트를 비판하며, 이를 억누르는 치료법이 인간에게 진정으로 도움이 되지 않는다고 주장합니다. 여기서도 죽음에 대한 두려움을 직시하고 대화하는 것이 중요합니다.

'내가 정말 두려워하는 것은 무엇인가?'

통제력 상실을 두려워하는 사람이 있는가 하면, 무력함이나 고통을 두려워하는 사람도 있습니다. 또 배우자나 자식들을 혼자 남겨 두는 것을 두려워하는 사람도 있습니다. 자신이 없으면 그들이 삶을 제대로 살아갈 수 없을 거라고 믿기 때문입니다.

우리는 두려움을 구체화하면서, 신께 내가 죽을 때 동행해 주기를, 내가 죽고 나서 남겨질 사람들을 돌봐주기를 기도할 수 있습니다. 두려움은 우리를 삶의 중요한 주제들로 이끕니다. 이러한 주제에 직면하면, 우리는 더 의식적이고 주의 깊게, 그리고 열정적으로 살아갈 수 있습니다.

이런 근본적인 두려움 외에도 우리 안에는 수많은 두려움이 계속해서 솟아납니다. 삶을 제대로 살아내지 못할까 봐, 경제적으로 어려움을 겪을까 봐, 직장에서 요구하는 것을 감당하지 못할까 봐, 자녀를 올바르게 키우지 못할까 봐, 또 그들이 잘못된 길로 빠질까 봐 두려워합니다. 이러한 모든 두려움에 대해서는 두려움과 대화하고, 우리가 두려워하는 일이 실제로 일어날 경우를 상상해 보는 것이 중요합니다. 그런 다음 모든 두려움을 신께 바치십시오. 그리고 두려움에게 물어보십시오.

'삶을 감당하지 못한다는 것은 무엇을 의미하는가?'

'나는 정말로 살아갈 힘이 없는 게 두려운 걸까?'

'경제적 안정을 지킬 수 없는 게 두려운 걸까?'

두려움과 대화하다 보면 그 감정을 줄이기 위한 구체적인 단계를 밟을 수 있습니다. 그러면 두려움에 휘둘리지 않는 삶을 살기 위해 무엇이 필요한지, 구체적으로 무엇을 해야 하는지 숙고할 수 있습니다. 그 과정에서 내 안에 늘 있었던 믿음을 발견하게 될 것입니다. 누구에게나 두려움만 있는 것은 아니고 신뢰만 있는 것도 아닙니다. 우리는 마음속 두려움에 믿음을 선물해 달라고 기도할 수 있습니다.

옛날 수도자들은 두려움을 느낄 때 성경의 말씀을 마음에 새겨 그 감정을 변형시켰습니다. 사람들에 대한 두려움, 비판, 거만한 태도, 거절에 대한 두려움 속에서 시편 118편의 구절을 암송했습니다.

"주님께서 나를 위하시니 나는 두렵지 않네. 사람인 내가 무엇을 할 수 있으랴?"

물론 이 말씀 하나로 두려움이 완전히 사라지진 않습니다. 그러나 이를 통해 우리는 두려움에 가려져 있던 믿음을 다시 발견할 수 있습니다.

현대 사회의 문제는 부정적 감정을 성급하게 질병으로 만드는 것입니다. 두려움이 곧 질병이라고 판단합니다. 그러나 두려움은 우리의 일부이며, 우리를 인간답게 만듭니다. 물론 두려움에도 질병이 있습니다. 공황 발작을 겪는 사람은 치료를 받아야 합니다. 때때로 약물이 도움이 될 수 있습니다. 그러나 공황 발작의 원인을 발견하는 것도 중요합니다. 종종 우리를 덮치는 것은 '두려움에 대한 두려움'일 수 있습니다. 이때 두려움을 인식하고 그것을 의식적으로 관찰하면, 그것이 공황 장애로 확대되지 않습니다.

만약 공황 장애를 겪게 된다면 지금의 상황을, 아무것도 할 수 없는 현재 상태를 있는 그대로 허용하십시오. 그러면 공황 장애도 쳇바퀴 같던 삶에서 벗어나라는 초대가 될 수 있습니다. 어쩌면 내 영혼이 삶을 그만 혹사하라고 시위하는 것일지도 모릅니다. 이 경우에도 공황 장애는 내 삶의 기준을 찾고, 삶의 요구에 더 차분하게 반응하라는 초대가 될 수 있습니다.

두려움은 우리 삶에 새로운 기준을 찾도록 초대하는 친구가 될 수 있으며, 우리의 삶과 감정, 몸을 완전히 통제할 수 없음을 보여줍니다. 우리는 신의 축복이 필요합니다. 두려움은 우리가 신의 축복과 도움이 필요한 존재임을 일깨워 줍니다. 동시에 두려움은 우리에게 믿음을 줍니다. 신의 자비가 언제 어디서나 우리를 감싸고 있으며, 그분의 선한 품 안에서 우리가 버려지는 일은 결코 없으리라는 믿음 말입니다.

본질로의 안내

공허함의 내적 경험은 매우 다양한 평가와 때로는 상반되는 감정적 특성과 연결됩니다. 하나는 허무의 끝없는 심연에 대한 공포나 권태의 감정일 수 있습니다. 동시에 공허함 속에서도 내면의 평화를 느끼고, 알려지지 않은 것에 대해 열린 태도를 갖게 하는 경험이기도 합니다. 이는 영적 여정의 목표로 이해할 수 있지만 다양한 문화에서는 다른 의미를 가질 수도 있습니다.

불교에서는 영적 여정의 목표가 공허空虛, 즉 마음을 비우는 것입니다. 이때의 공허나 비움은 긍정적인 의미로 해석됩니다. 비움은 내가 내 자신의 의도에서 자유로워지고, 나 자신과 신에 대한 고정된 이미지에서 자유로워짐을 의미합니다. 온전히 신에게 귀의하려면 먼저 텅 비워야 합니다. 독일의 유명한 신비주의자인 마이스터 에크하르트 역시 이런 비움을 우리 안에 신의 공간을 두는 것이라 말합니다. 그것은 우리의 행복을 위해 신을 이용하려는 게 아니라, 그저 신을 신으로 있게 하는 공간입니다. 또한 그것은 신조차 소유하려는 이기심을 스스로 비운 공간입니다. 마음을 비우고 신을 만나면, 은혜를 베푸는 그분께 자신을 맡길 수 있습니다.

그러나 우리가 일상 언어로 공허함을 말할 때는 그것은 다른 것을 의미합니다. 이는 모든 것이 공허하다는 느낌, 우리 마음이 공허하다는 느낌, 아무것도 느낄 수 없다는 감정입니다. 이때 우리는 기쁨도 슬픔도 느낄 수 없습니다. 마치 모든 감정이 죽은 것처럼 보입니다. 우리는 삶에서 아무 의미도 찾을 수 없고, 아무것에도 열정을 느끼지 못합니다. 모든 것이 밋밋하고 따분합니다. 계속해서 뭔가를 하지만 모든 활동 뒤에는 우리를 두렵게 하고, 더 많은 활동으로 덮으려는 공허함이 존재합니다. 고요함 속에서 우리 마음을 가만히 들여다보면, 우리는 텅 빈 공간을 응시하게 됩니다. 이 공허함은 우리를 놀라게 합니다. 우리는 이 공허함에서 벗어나고 싶어 합니다. 그것은 견디기 어렵기 때문입니다.

아무리 이런저런 활동으로 공허함을 채우려 애를 써도 활동 그 자체가 공허함을 남깁니다. 많은 사람들은 기도할 때도 이런 공허함을 느낍니다. 지금까지의 모든 일이 허무하게 느껴집니다. 명상을 할 때도 아무것도 느끼지 못합니다. 한 남자가 말하기를, 그가 강좌에서 경험한 모든 좋은 경험들, 명상 중에 느꼈던 안정감, 미사 때 느낀 기쁨, 이 모든 것이 사라졌다고 합니다. 이제 그는 신 앞에서 공허함만을 느끼며, 이 공허함 때문에 고통을 겪고 있습니다.

공허함을 뚫고 삶의 진실에 도달하면
많은 것들이 무의미해 보일 것입니다.

기독교와 불교의 영성에 대해 한 비구니 스님과 대화를 나눈 적이 있습니다. 우리는 각자의 명상 경험을 나누었습니다. 저는 예수님의 말씀으로 묵상한다고 말했습니다. 옛날 수도자들이 말했듯이, 이 말씀이 저를 말로 설명할 수 없는 깊은 신비와 진리의 세계로 안내하고, 이 고요한 공간이 저에게 사랑의 공간이라고 말입니다. 그러자 비구니 스님이 이렇게 말했습니다.

"사랑은 저에게 너무 힘들어요."

그래서 제가 스님은 무엇을 경험하는지 물었습니다. 그분은 '공空'이라고 대답했습니다.

"공은 너무 차갑게 느껴집니다."

저는 다시 이렇게 말했습니다.

그 뒤로 우리의 대화는 더욱 깊어졌습니다. 스님은 제가 말한 사랑을 감정과 혼동했던 것 같습니다. 묵상할 때마다 거룩한 감정을 가져야 한다면, 묵상은 너무 힘들어질 겁니다. 그러나 사랑은 저에게 존재 의미이며, 제 영혼의 깊은 곳에서 솟아나는 샘입니다. 이 사랑의 공간에 들어가면 저는 안전하고 보호받으며, 마치 집에 온 것처럼 편안함과 사랑받고 있음을 느낍니다.

어떻게 공허함의 두 경험을 연결할 수 있을까요? 내면에서 공허함을 느낄 때, 그것과 맞서 싸우지 마십시오. 대신 마음의 빈 공간을 허용하십시오. 그러면 지금 하고 있는 일, 사랑하는 사람과의 관계, 평소에 중요하게 여겼던 것도 내면의 공허함을 다 채우지 못한다는 사실을 깨닫게 될 것입니다.

사람들의 인정이나 관심도 결코 이 공허함을 없애지 못합니다. 만약 기도 중에 공허함을 느낀다면, 그 감정을 그대로 받아들이십시오. 그리고 이렇게 말해 보십시오.

　"현재 이 공허함을 채울 수 있는 것은 아무것도 없다. 사랑도, 음악도, 성공도, 소유도, 심지어 기도와 미사조차도 공허감을 채우지 못한다. 내 안의 모든 것이 텅 비었다. 아무것도 느껴지지 않는다."

　이때 공허함을 그대로 인정하면, 그토록 괴롭게 느껴지던 공허함이 갑자기 하느님의 신비가 열리는 공간으로 바뀔 수 있습니다. 텅 빈 충만함 속에서는 아무것도 손에 쥐고 있을 필요가 없습니다. 공허함 속에서 우리는 하느님의 불가해한 신비에 자신을 맡길 수 있습니다. 세상의 그 어떤 것도 내면의 구멍을 채울 수 없음을 깨닫게 됩니다. 오직 그분만이 그 빈 자리를 채울 수 있습니다. 그러나 하느님은 좋은 감정으로 공허함을 채우지 않습니다. 나 자신과 신에 대한 고정된 이미지를 내려놓을 때, 더는 할 말이 없고 그저 침묵할 수밖에 없을 때, 나는 공허함 너머의 그분께 나를 맡길 수 있습니다. 그리하여 그동안 괴로움이던 공허함은 더 깊은 존재의 차원으로 나를 이끌어 줍니다.

공허함은 인생의 참맛을 알려줍니다.

하지만 안타깝게도 많은 사람들이 공허함을 제대로 처리하지 못합니다. 그들은 더 많은 활동으로 공허함을 감추려 합니다. 끊임없이 바쁘고, 항상 무언가를 해야만 공허함을 피할 수 있다고 생각합니다. 그러나 이런 도피는 결국 감당할 수 없는 상황을 초래합니다.

우리는 새로운 활동으로 공허함을 메우려 하지만, 프랑스 사상가 블레즈 파스칼은 이를 이렇게 말했습니다.

"열정도, 일도, 과업도 없이 지내는 것보다 인간에게 더 견디기 힘든 일은 없다. 이때 인간은 자신의 무가치함, 버림 받음, 불충분함, 의존성, 무력함, 공허함을 느끼게 된다. 그리고 즉시 그의 영혼의 바닥에서 지루함과 어둠, 슬픔, 우울, 불만, 절망이 솟구칠 것이다."

그러나 공허함은 쉽게 채워지지 않습니다. 잠시 채워진 듯해도 혼자 있을 때 다시 밀려옵니다. 공허함의 감정에도 의미가 있습니다. 우리는 공허함과 친구가 되어, 그것이 나에게 무엇을 말하려는지 물어보아야 합니다. 그러면 공허함이 우리를 진정한 삶의 의미가 있는 곳으로 안내할 것입니다.

우리가 각자의 공허함을 통해 삶의 진실에 도달하면, 많은 것들이 공허하게 느껴질 것입니다. 공허함은 인생의 참맛을 발견하고, 주의 깊게 사는 법을 가르쳐 줍니다. 또한 공허함은 나를 소유할 수 없는 불가해한 비밀로 인도합니다. 그리고 내 안에 머물고자 하는 신의 신비한 세계로 나를 이끕니다.

은밀한 쾌감

우리는 남의 불행을 보고 고소해하는 자신을 부끄럽게 여깁니다. 일반적으로 남의 불행을 고소해하는 것은 그릇된 자세로 평가되기에 다른 사람이 손해를 보거나, 실수를 하거나 창피를 당할 때 속으로만 즐기곤 합니다. 그러나 이러한 고소함에 대한 비난에도 불구하고, 누군가 창피를 당하는 모습을 보면 저절로 기분이 좋아집니다.

> 남의 불행을 고소해하는 마음을 잘 살펴보면,
> 이는 내 영혼을 여는 열쇠가 될 수 있습니다.

남의 불행을 즐기는 고소함은 주로 손해를 입은 사람과

의 관계와 관련이 있습니다. 이는 억눌렸던 공격성의 표현입니다. 우리는 친한 친구가 손해를 입었을 때 고소함을 느끼지 않지만, 경쟁자가 성공하지 못하면 그의 실패를 속으로 즐기게 됩니다. 상대가 잘못된 행동으로 불행을 겪고 그 불행이 정의를 실현하는 것처럼 보일 때 우리는 공개적으로 즐거워할 수도 있습니다.

또한 남의 불행을 고소해하는 이유 중 하나는 그 불행이 자신에게 닥치지 않았다는 안도감에서 비롯됩니다. 불행이 우리를 비켜 간 것을 안도하면서 해방감과 자유로움을 느끼는 것입니다. 이러한 측면에서 고소함은 건강한 감정일 수 있습니다.

남의 불행을 고소해하는 마음은 의지와 상관없이 생깁니다. 따라서 이 감정을 어떻게 다루느냐가 중요합니다. 때로는 가장 친한 친구에게도 고소함을 느낄 수 있으며, 호의적이지 않은 사람이 실패했을 때 고소함은 더 강해질 수 있습니다. 이 감정은 일종의 해방감을 줄 수 있습니다. 운명이 이미 그를 처벌했으니 내가 굳이 나설 필요가 없습니다. 하지만 비웃거나 조롱하며 험담을 하는 것은 정의롭지 않습니다. 이는 상대방을 모욕하고 웃음거리로 만드는 일이기 때문입니다. 상대방이 우리의 조롱에 맞서 방어할 수 없으므로, 이는 그를 미묘하게 억압하는 방식으로 작용합니다.

> 남의 불행을 고소해하는 마음은
> 우리 안의 은밀한 공격성과
> 시기심을 비롯해 많은 것을 드러냅니다.

남의 불행을 고소해하는 마음은 저절로 생기지만 우리가 이를 어떻게 다루느냐는 우리의 선택에 달려 있습니다. 남의 불행을 고소해하는 마음을, 상대방을 상처 입히고 사람들 앞에서 웃음거리로 만드는 방식으로 표현해서는 안 됩니다. 그러나 고소함을 억누르면, 종종 상대방에게 거짓된 동정심을 보이게 되어 가식으로 비칠 수 있습니다. 이는 오히려 더 큰 상처를 줄 수 있습니다. 따라서 중요한 것은 남의 불행을 고소해하는 자신의 마음을 인식하고 받아들이며, 내가 그 불운을 피한 것에 대한 감사로 바꾸는 것입니다.

고소해하는 마음을 주의 깊게 다루면, 그 감정은 진심으로 다른 사람을 걱정하는 마음으로 바뀔 수 있습니다.

남의 불행을 보고 고소해하는 마음에는 그 불행이 너무 크지 않기를 바라는 소망과, 그 사람의 인생에 큰 피해가 없기를 빌어주는 마음도 동반될 수 있습니다.

고소해하는 감정을 잘 살펴보면, 나 자신의 영혼을 이해하는 열쇠가 됩니다. 이 감정은 우리 안의 은밀한 공격성과 질투를 드러냅니다. 그리고 내가 늘 자신을 다른 사람과 비교하고 있다는 것을 보여줍니다. 고소함이란 감정 속에서 나는 상대방보다 나은 기분을 느끼고, 나를 그 사람보다 우위에 두려는 마음이 생깁니다. 그 사람이 겪는 불행이 내게는 쉽게 닥치지 않으리라 생각합니다.

그러나 이 모든 것을 더 잘 살펴보면, 내 인생도 보장된 게 아님을 깨닫게 됩니다. 아무리 대비해도 나 역시 불운과 실패를 겪을 수 있습니다.

결국 고소함은 내 삶에 대해 감사하게 만들고, 큰 불행에서 신이 나를 지켜주셨음을 인식하게 합니다. 자기 삶에 감사할 줄 아는 사람만이 다른 사람을 위해 기도할 수 있습니다. 그가 자신의 불행을 잘 이겨내기를 빌고, 그에게 신의 가호가 함께하기를 기원할 수 있습니다.

슬픔 치료약

쾌락이 가득한 삶을 사는 것은 긍정적인 감정을 불러일으킵니다. 그러나 오랫동안 금욕적이고 도덕적 전통 때문에 쾌락은 부정적으로 여겨져 왔습니다. 성과 중심의 사회에서는 감정 표현이 규제되기 쉬워 쾌락을 느끼는 능력을 종종 잊곤 합니다. 오늘날 우리에게는 지금을 즐길 줄 아는 새로운 감각뿐 아니라, 섣부른 도덕적 판단으로 쾌락을 배제하지 않는 자세도 필요합니다.

악을 멀리하고 선을 행하는 사람만이
인생의 쾌락을 즐깁니다.

독일어에서 '쾌락'을 뜻하는 단어 'Lust'는 여러 상황에서 사용됩니다. 예를 들어 "나는 좋은 레드 와인을 마시고 싶다Ich habe Lust auf einen guten Rotwein"라는 표현에서 'Lust'는 갈망을 의미하며, 이는 기쁨과 즐거움을 줄 것이라는 희망을 포함합니다. 반대로 "나는 일하고 싶지 않다Ich habe keine Lust zu arbeiten"라고 말하면 동기부여가 없음을 의미합니다. 또 우리는 자기 통제가 부족한 사람들을 쾌락과 기분에 따라 행동한다고 여깁니다. 이들은 요구되는 것과 의무에 대한 감각이 없습니다.

'Lust'는 게르만어 'lutan'에서 유래한 것으로, 이는 '허리 숙여 인사하다, 몸을 기울이다'를 의미합니다. 따라서 'Lust'는 한쪽으로 기우는 경향이나 기호를 뜻합니다. 이와 유사한 리투아니아 단어로 'liudnas'는 '슬프다'를 의미합니다. 두 단어는 반대말처럼 보이지만 실제로는 밀접하게 연결되어 있습니다. 쾌락은 때때로 슬픔을 불러일으키기 때문입니다. 특히 충족된 쾌락이 사람에게 슬픔을 남길 때 그렇습니다. 그러므로 쾌락을 원하는 사람은 슬픔도 받아들여야 합니다. 그렇지 않으면 진정한 쾌락을 누릴 수 없습니다. 오늘날 우리는 감정이 빈곤한 일상에서 쾌락을 느끼지 못하는 사람들을 종종 봅니다.

오랜 세월 동안 신학에서는 쾌락이 인기 있는 주제가 아니었습니다. 쾌락은 빠르게 도덕적 판단이나 규범으로 해석되고 성적 쾌락과 동일시되며, 인간을 위협하는 요소로 여겨졌습니다. 반면 그리스 철학은 쾌락을 긍정적 감정의 원동력으로 보았습니다. 위대한 그리스 철학자 플라톤은 추구하는 목적에 따라 쾌락을 여러 형태로 분류했습니다. 높은 수준의 윤리적·도덕적 가치나 합리성을 추구하는 쾌락은 인간에게 좋지만, 순전히 세속적인 쾌락은 미심쩍게 보았습니다.

플라톤은 쾌락이 인간의 내적 균형을 회복시킨다고 보았습니다. 즉 쾌락은 내면의 건강에 유익합니다. 반면 플라톤의 철학적 대척자인 아리스토텔레스는 쾌락을 다르게 이해했습니다. 그는 쾌락을 완전한 행위의 기본 구성 요소로 보았습니다. 예를 들어 인간이 어떤 활동에 완전히 몰입하면 항상 쾌락을 경험합니다. 그러므로 쾌락은 우리의 행위를 동반합니다. 타고난 능력을 완전히 발휘할 때, 우리는 쾌락을 경험합니다.

교부들은 쾌락을 타락한 사람, 즉 죄에 사로잡힌 사람의 특징으로 보았습니다. 그들은 쾌락을 세속적 욕망과 동일시하여 탐욕과 똑같이 취급했습니다. '육체의 욕망(성욕)'이라고 말하며, 이를 7가지 죄악 중 하나로 여겼습니다. 이에 반해 교부들은 구원받는 인간의 기쁨을 내세웠습니다. 그러나 이 기쁨은 순전히 영적인 것으로 이해되었기 때문에, 삶의 즐거움은 종종 잃어버렸습니다. 아우구스티누스는 쾌락을 잘못된 세속적 사랑으로 이해했습니다. 반면 중세의 신학자 토마스 아퀴나스는 쾌락을 긍정적으로 보았습니다. 그는 영적 즐거움뿐 아니라 육체적 쾌락에서도 도덕적 가치를 발견했습니다. 아퀴나스는 쾌락을 '영혼의 고통passiones animae'을 없애는 자연 치료제, 상처받은 마음을 치료하는 약으로 제시합니다. 그는 우리가 과거의 상처를 되새기거나 멋진 경험의 상실을 애도할 때 슬픔이 생긴다고 설명합니다. 반면 쾌락은 언제나 현재에 존재합니다. 그는 이렇게 말합니다.

"현재의 경험이 과거의 기억보다 더 강하게 마음을 움직이므로, 결국 쾌락이 결국 슬픔을 몰아낸다."

프로이트의 정신분석학에서도 인간의 욕망은 중요한 역할을 합니다. 프로이트는 쾌락을 추구하고 불쾌함을 기피하는 본능이 인간의 기본 성향이라고 보았습니다. 그러나 그는 또한 쾌락이 오래 지속되지 않는다고 확실히 했습니다. 성인이 되려면 현실에 적응해야 하며, 현실은 종종 쾌락을 보장하지 않습니다.

현대 심리학에서는 쾌락을 인간의 중요한 감각으로 이해합니다. 사람이 일할 때 즐거움을 느끼고 몰입하면 모든 일이 더 잘 풀립니다. 회의할 때 대화가 즐거우면 성공적인 소통이 이루어집니다. 등산할 때 즐거우면 심장이 활기차게 뜁니다. 섹스에서 쾌락을 느끼면 사랑의 경험이 더욱 강화됩니다. 이처럼 쾌락은 인간의 건강에 이롭습니다. 심리학자들에 따르면, 쾌락의 억제는 인간을 병들게 합니다. 쾌락을 지나치게 금기시하는 하는 사람은 삶이 괴로워지고, 결국 스스로를 병들게 합니다.

쾌락은 방탕한 삶이 아니라 행복한 삶과 연관됩니다.

성 베네딕토는 '성 베네딕트 수도회 규칙서' 서문에서 수도 생활에 뜻을 둔 사람들에게 묻습니다.

"누가 삶의 쾌락을 원하는가?"

수도원에 들어가야 하는 사람은 삶을 등지려는 사람이 아니라 충만한 삶을 갈망하는 사람이어야 합니다.(성 베네딕트 규칙서 서문 15) 그러나 삶의 쾌락은 수도사가 원하는 것을 모두 할 수 있을 때 충족되는 건 아닙니다. 오히려 성 베네딕토는 시편 구절을 인용하며 충만한 삶으로 가는 길을 보여줍니다.

"만일 네가 참되고 영원한 생명을 원하거든, 네 혀는 악을 삼가고, 네 입술은 거짓된 말을 삼가라. 악을 멀리하고, 선을 행하며, 평화를 찾고 또 추구하여라."(성 베네딕트 수도회 규칙서 서문 17, 시편 34, 14-15)

삶의 쾌락은 악을 멀리하고 선을 행하는 사람만이 느낄 수 있습니다. 그러므로 쾌락은 방탕한 삶이 아니라, 신의 뜻에 따라 사는 충만한 삶과 관련이 있습니다. 성 베네딕토는 진정한 삶으로 가는 길은 처음엔 좁고 힘들다고 말합니다. 그러나 이 길을 걷는 사람은 "마음이 넓어지고 말할 수 없는 행복 속에서 하느님의 계명에 따른 길을 달리게 될 것"이라고 말합니다.(성 베네딕트 수도회 규칙서 서문 49)

사랑은 달콤한 맛을 가지고 있습니다. 우리는 사랑에서 즐거움을 느낄 수 있습니다. 그러나 이 사랑에 도달하려면 마음을 열고 모든 고난을 이겨내야 합니다.

3부

기분 좋은 감정 천천히 음미하기

네 번째 강의 :

타인과 함께하는 기분 좋은 감정들

- '사랑'에서 '연민'까지

매혹의 힘

사랑은 강렬한 감정 중 하나입니다. 하지만 그것은 단순한 감정을 넘어서, 자신과 다른 사람을 사랑하는 능력을 포함한 덕목이기도 합니다. 감정으로서 사랑은 우리를 매혹할 수 있습니다. 동화 속에서처럼 사랑에 빠진 사람은 더 아름다워지고 매력적으로 변해, 그를 바라보는 사람들마저 사로잡습니다. 사랑이 무엇인지, 그것이 어떤 감정인지 모르는 사람은 아마 없을 것입니다. 그렇다면 사랑이란 감정을 어떻게 설명해야 할까요?

사랑은 우리를 매혹하는 동시에
상처를 줄 수 있습니다.

그리스인들은 사랑을 표현하기 위해 세 가지 단어를 사용했습니다. 각 단어는 다른 종류의 사랑이나 감정적 상태를 나타냅니다.

첫째, 육체적이고 쾌락적인 사랑인 '에로스Eros'가 있습니다. 그리스 신화에서 에로스는 사랑의 화살을 쏘는 미소년으로 소개됩니다. 그 화살에 맞은 사람은 격정적 사랑에 불타오릅니다. 이 강렬한 감정은 갑작스럽게 찾아와 저항할 수 없게 만듭니다. 우리는 사랑에 빠졌다거나 사랑이 우리를 덮쳤다는 말로 표현하며, 그 사람의 무언가가 우리를 너무나도 강렬하게 끌어당깁니다. 우리의 생각과 감정은 그 사람에게 완전히 사로잡히게 됩니다. 하지만 이 사랑은 우리를 매혹하는 동시에 상처를 줄 수 있습니다. 사랑에 눈이 멀면 그 사람의 단점은 보지 못합니다. 맹목적인 사랑은 행복을 가져다 주기도 하지만, 불행을 초래할 수도 있습니다.

둘째, 우정을 의미하는 '필리아Philia'가 있습니다. 친구 간의 사랑을 뜻하는 필리아는 에로스와는 다른 감정입니다. 친구와 함께하는 것을 즐기며, 함께 다닙니다. 이는 신뢰, 따뜻함, 개방성을 특징으로 합니다. 필리아를 느낄 때 나는 친구와 대화하기를 좋아하고, 함께 산책하며, 그와 가까이 있는 것을 즐깁니다. 이때 나는 마음을 열 수 있습니다. 친구가 나를 조건 없이 있는 그대로 받아들여 주기 때문입니다. 그리고 나 또한 친구를 무조건적으로 받아들이게 됩니다. 이처럼 필리아는 에로스보다는 잔잔하지만, 평생 친밀감을 추구하게 하는 깊은 감정입니다.

셋째, 신의 사랑을 뜻하는 '아가페Agape'가 있습니다. 많은 신학자들은 아가페가 큰 감정 없이 존재한다고 주장합니다. 그러나 토마스 아퀴나스는 "필리아와 에로스 없는 아가페는 메마르다"라고 했습니다. 순수한 신의 사랑에도 어느 정도 에로스의 감정이 필요합니다. 아가페는 마음을 움직이는 강력한 힘입니다. 그러나 이 힘은 감정적으로 천국과 지옥을 오가게 하는 게 아니라, 마음의 평화와 안정을 주는 강력한 내적 힘입니다. 플라톤은 아가페를 '우리 안에 작용하는 신적인 힘'이라 불렀습니다. 이는 외부적으로 어려운 상황에서도 우리의 삶을 이끌어갈 수 있게 하는 강력한 힘입니다. 아가페는 모든 존재의 선한 의지이자 근본입니다. 아가페를 느낄 때 우리는 모든 존재와 연결된 느낌을 받습니다. 전체의 일부가 된 것에 감사하며, 우리 자신이 유한한 존재로서 만물과 합일되는 것에 감사하게 됩니다.

우리는 계속해서 사랑을 갈망하고,

몸과 영혼을 달콤한 감정으로 채우는 사랑이
충만해지기를 바랍니다.

시인들은 끊임없이 사랑에 대해 글을 쓰고, 사랑을 인간이 가진 가장 강력한 힘으로 묘사합니다. 사랑은 사람들을 움직이며, 행복과 불행으로 몰아넣을 수 있는 힘입니다. 음악가들은 사랑을 소리로 표현합니다. 모차르트가 작곡한 〈사랑의 아리아〉를 들으면 남편을 향한 공작부인의 감정뿐 아니라, 사랑 그 자체를 느낄 수 있습니다. 사랑은 우리를 매혹시키고, 부드러움과 갈망, 고통과 행복의 감정을 채워줍니다. 예술뿐만 아니라 대중문화에서도 사랑은 삶을 결정짓는 중요한 감정이고, 남녀 간의 끌림에서 가장 깊은 감정입니다. 많은 노래가 이루지 못한 사랑, 상처받은 마음, 애타는 사랑, 사랑의 기쁨을 노래하며, 우리를 가장 깊은 욕망으로 이끕니다. 우리는 이 사랑 때문에 행복하지만, 때로는 사랑 앞에서 무력함을 느낍니다. 사랑은 우리를 만족시키기도 하고 실망시키기도 하며, 때로는 매혹시키기도 하고 상처를 주기도 합니다. 그럼에도 우리는 계속해서 사랑을 갈망하고, 몸과 영혼을 달콤한 감정으로 채우는 사랑이 충만해지기를 바랍니다.

⬭ 기대감

열린 마음

기대감은 독특한 기쁨입니다. 아이들은 생일이 오기 전부터 기뻐하고, 크리스마스 며칠 전부터 들떠 있으며, 여름방학 몇 주 전부터 설렙니다. 미리 앞당겨 기쁨을 만끽하며 기대감을 즐깁니다. 이런 기대감은 현재의 기분을 바꿔줍니다. 그들은 기대감으로 가득 차 있으며, 기대가 충족될 날을 손꼽아 기다립니다. 이 앞당긴 기쁨이 일상을 바꾸고, 삶에 활기를 줍니다. 아이들은 미래의 사건에 대한 기대감으로 미리 행복합니다. 이처럼 기대감은 그림자를 없애는 게 아니라 빛을 미리 비추는 것입니다.

기대감은 그 기쁨의 성취와 무관합니다.

기대를 하면 실망만 남는다고 말하는 사람도 있습니다. 크리스마스나 생일을 잔뜩 기대했는데 상상과 다르게 진행되면 실망하기 때문입니다. 그러나 이런 실망감은 특정한 기대에만 해당됩니다. 기대감은 그 자체로 소중합니다. 심지어 크리스마스 파티가 성공적이지 않더라도 기대감이 주는 기쁨은 나의 것이며, 아무도 빼앗지 못합니다. 왜냐하면 기대감에는 기쁨의 성취 여부와 상관없이 지금 내 삶을 변화시키는 힘이 있기 때문입니다.

예를 들어 다가올 여행을 기다리면서 이번 여행이 반드시 어떻게 진행되어야 한다고 정해 놓지 마십시오. 어쩌면 지난 여행에서 즐겼던 경험을 기대할 수도 있습니다. 힘든 도보 여행 후 요리하고 포도주를 마신 기억이나 아이스크림과 위스키로 식사를 마무리했던 지난 여행의 마지막 밤을 떠올리면 이번 여행에서도 그렇게 되기를 기대할 수 있습니다. 하지만 이번 여행이 지난번과 똑같을 필요는 없습니다. 날씨나 자연 경관, 숙소 등 여러 요소가 다를 테니까요. 그럼에도 우리는 다가올 자유로운 시간을 기대하며 기뻐합니다. 그때가 되면 걱정을 내려놓고 여행을 즐길 것임을 알기 때문입니다.

특정한 경험을 미리 정해 놓고 그대로 이루어지기를 기대하면 실망할 수 있습니다. 가령 화창한 날씨를 기대했는데 여행 내내 비만 내려서 실망할 수도 있습니다. 하지만 날씨 때문에 도보 여행을 취소하더라도, 기대감이 헛된 것은 아닙니다. 혹시 날씨가 우리의 계획을 망쳐도 우리는 기대감으로 몇 주 동안 설렜고, 여행을 떠나는 날까지 피로를 견디고 쾌활함을 유지할 수 있었습니다. 기대감 덕분에 우리는 정말로 여행을 즐기게 됩니다.

우리는 지난번 파티를 떠올리며 기쁜 마음으로 다시 파티에 참석합니다. 하지만 이번 파티가 지난번과 똑같을 필요는 없습니다. 모든 것은 변하므로, 그때 상황에 맞게 즐기면 됩니다. 기대감 덕분에 우리는 함께하는 저녁을 진심으로 즐길 수 있습니다.

기대하는 순간, 이미 삶이 변합니다.
기대감이 주는 기쁨은 아무도 빼앗지 못합니다.

우리가 요리를 준비할 때, 음식에 대한 기대감이 커집니다. 여행 가방을 쌀 때부터 새로운 경험에 대한 기대감이 솟아납니다. 친구를 초대하는 순간부터 오랜만에 만나 밀

린 얘기를 나눌 즐거운 저녁 시간을 기대하게 됩니다. 기
대감 덕분에 친구의 방문은 늘 있는 일상적인 일이 아니게
됩니다. 기대감 덕분에 나는 친구의 방문을 특별하게 여기
고, 그를 의식적으로 맞이하고, 이 만남에 오롯이 집중할
준비를 합니다. 그러므로 기대감은 가장 아름다운 기쁨 중
하나입니다. 기대감 덕분에 우리는 고대하던 일을 진심으
로 즐기고, 온전히 기뻐할 수 있습니다.

희망
영혼의 숨결

사람에게 반드시 있어야 하는 감정이 바로 희망입니다. 독일 속담에 이런 말이 있습니다.

"희망은 가장 마지막에 죽는다."

희망이 없다는 건 곧 죽음과 경직만이 존재한다는 뜻입니다. 희망을 뜻하는 독일어 'hoffen'은 'hüpfen'^{껑충껑충 뛰다}에서 유래되었습니다. 따라서 희망은 좋은 일이 일어날 것이라는 기대감으로 이리저리 뛰는 것을 의미합니다. 독일어에서는 희망을 생동감과 연결하고, 우리 삶을 더 개선하게 하는 무언가에 대한 기대와 연관짓습니다. 라틴어에서는 희망을 숨결과 연결합니다.

"내가 숨을 쉬는 한 희망은 있다.^{Dum spiro spero.}"

모든 어려움에도 삶을 거뜬히 살아낼 수 있다는
믿음이 곧 희망입니다.

숨을 쉰다는 것은 살아 있다는 것이고, 숨은 계속해서 새로운 힘과 생명력 그리고 희망을 몸 안에 불어넣습니다. 그래서 희망은 공기만큼 중요합니다. 우리는 희망이 없으면 살 수 없습니다. 희망은 영혼의 숨결입니다.

희망은 기대와는 조금 다릅니다. 기대는 성과가 좋지 않으면 때때로 실망을 안겨 줄 수도 있습니다. 하지만 프랑스 철학자 가브리엘 마르셀의 말 "나는 너에게 희망을 걸고, 너를 위해 희망한다"에서 알 수 있듯이 희망은 언제나 사람과 관련이 있습니다. 나는 누군가를 포기하지 않습니다. 앞으로 일어날 일에 희망을 겁니다. 또 그 사람에게도 좋은 일이 생길 거라 믿습니다. 이런 희망은 자신에게도 향합니다. 계속 조금씩 나아질 거라는 희망, 좋은 미래가 내게 열릴 거라는 희망. 희망은 자신을 포기하지 않고, 현재 상황이 좋지 않더라도 싸울 수 있게 해줍니다.

독일 철학자이자 교육자 오토 볼노브는 '~였으면 좋겠다' 같은 소망이 아니라, 어떠한 구체적인 것을 목표로 하지 않는 '절대 희망'에 대해 이야기합니다. 모든 것이 절망적인 상황에서도 어떤 사람들은 이 '절대 희망'을 느낍니다. 베레나 카스트는 절대 희망을 이렇게 묘사합니다.

"절대적이고 추상적인 이런 희망은 미래에 대한 특정한 상상이 아니라, 삶은 모든 것을 뚫고 계속될 것이고, 우리가 삶에서 낙오되는 일은 없을 것이라는 믿음이다. 절대 희망은 우리에게 새로운 안도감을 준다."

이탈리아 시인 단테 알리기에리는 지옥으로 가는 지름길에 대해 말합니다.

"모든 희망이 떠나게 하라!"

희망은 삶에 대한 개인의 의지와 생명력의 표현이기도 하지만, 다른 한편으로는 다른 사람들과도 우리를 연결해주는 감정이기도 합니다. 희망이 없으면 우리는 시인들이 상상하는 지옥에서처럼 고립됩니다.

희망은 언제나 다른 사람과 연결됩니다. 그것은 나만이 아니라, 내 주변 사람들을 위한 것이기도 합니다. 따라서 희망은 생동감 있는 공동체를 위한 필수조건입니다. 희망 없이는 부모가 될 수 없고, 회사를 경영하거나 정치인이 될 수 없습니다. 희망은 언제나 우리에게 더 나은 미래를 제공합니다. 철학자 에른스트 블로흐는 아직 발생하지 않은 일에 거는 희망에 대해 말합니다. 희망은 아직 인식되지 않은 잠재적 가능성을 발견하는 것입니다.

희망은 모든 공동체를 활기차게 유지하고,
더 나은 미래를 가능하게 하는 힘입니다.

    희망은 공동체를 앞으로 나아가게 합니다. 희망은 익숙한 것에 만족하지 않으며, 모든 어려움에도 불구하고 삶을 거뜬히 살아낼 수 있다고 믿는 것입니다. 그리하여 희망은 모든 공동체를 활기차게 유지하고, 더 나은 미래를 가능하게 하는 힘입니다.

영혼의 든든한 기반

우리는 모두 신뢰를 원합니다. 그러나 과거에 배신당한 경험이 있으면 다른 사람을 신뢰하는 데 어려움을 겪습니다. 예를 들면 친구에게 비밀을 털어놓았는데 그 친구가 다른 사람에게 비밀을 폭로합니다. 결혼까지 꿈꾸며 여자친구를 사귀었지만 얼마 후 여자 친구가 떠납니다. 남자는 여자친구와 자신이 잘 어울리는 커플이라고 생각하며 평생을 함께할 거라 믿었지만, 여자는 남자친구와 자신의 사랑이 충분하지 않다고 생각했던 것입니다. 이런 실망을 겪은 사람은 다시 우정과 사랑을 키우기가 쉽지 않습니다. 그 고통이 너무 커서 같은 아픔을 다시 겪고 싶지 않기 때문입니다. 그래서 우정과 사랑을 간절히 바라면서도 애써 자신을 닫아버립니다. 신뢰를 바라면서도 더는 신뢰할 수 없습니다.

상대를 신뢰하려면
그가 가진 선한 씨앗을 믿어야 합니다.

신뢰는 개인뿐만 아니라 집단 간에도 영향을 미칩니다. 금융 위기가 닥치면 은행의 신뢰성이 문제가 됩니다. 교회나 동호회, 회사, 가정에서도 신뢰가 무너지면 우리는 그 집단에 애정을 갖지 않게 됩니다. 불신은 집단의 기능을 마비시킵니다. 또한 불신은 다른 사람들로부터 자신을 보호하기 위해 마음의 문을 닫게 합니다. 우리는 신뢰를 상실하게 되면 그 책임을 다른 사람 탓으로 돌리려 합니다. 그러나 내가 먼저 신뢰를 보여주면 잃어버린 신뢰도 회복할 수 있습니다. 내가 먼저 상대방을 신뢰하면 상대방도 나를 신뢰하게 됩니다.

신뢰란 무엇일까요? 신뢰를 뜻하는 독일어 'Vertrauen'은 'treu충실한'와 관계가 있으며, '견고해지다, 확고하다, 오래 머물다, 마음이 안정되다' 등의 뜻을 내포합니다. 또한 다른 사람과 지속 가능한 관계를 맺는다는 의미도 있습니다. 우리는 신뢰하는 사람에게 충실하며, 그 곁에 오래 머물고 싶어 합니다.

물론 신뢰라는 개념을 살펴보는 것만으로는 신뢰 쌓는 법을 배우지 못하겠지만, 신뢰가 무엇인지 이해하는 데는 도움이 됩니다. 신뢰는 견고함과 충실함과 관련이 있습니다. 자신을 신뢰하는 사람은 견고하고 당당하며 스스로를 믿고 지지합니다. 자신을 믿으면 다른 사람도 신뢰할 수 있고, 동시에 신뢰를 받을 수 있습니다. 또한 내가 나를 믿을 때, 내가 믿는 친구에게도 충실함과 견고함을 제공하여 관계를 오래 유지할 수 있습니다.

그런데 신뢰로써 신뢰를 세우려면 어떻게 해야 할까요? 먼저 건강한 자기 신뢰와 신에 대한 신뢰가 있어야 다른 사람을 신뢰할 수 있습니다. 자기 신뢰, 타인에 대한 신뢰, 신에 대한 신뢰는 서로 밀접하게 연결되어 있습니다. 이 세 가지 신뢰가 서로를 돕고 지지합니다. 우선 신이 나를 완전히 받아들인다고 느낄 때 나도 내 자신을 받아들일 수 있습니다. 신이 나를 특별하고 고유한 존재로 만들었음을 믿을 때 자존감을 회복할 수 있습니다. 또한 신의 존재를 마음속으로 느낄 때, 모든 사람에게 사랑받아야 한다는 강박에서 벗어날 수 있습니다.

자존감은 단순히 자신감 있게 행동하는 것이 아니라 내면의 자유를 의미합니다. 남들의 시선을 의식하지 않기 때문에 스스로를 믿을 수 있고, 사람들이 나에 대해 뭐라 말할까 두려워하지 않을 수 있습니다. 그리고 친구나 연인을 신뢰할 수도 있습니다. 설령 내 신뢰가 배신당하더라도 나는 무너지지 않을 수 있습니다. 내가 서 있는 바탕, 즉 신은 여전히 내 삶을 안전하게 지탱해 줄 것이기 때문입니다.

누군가를 신뢰하는 능력은 유년기의 경험에 달려 있습니다. 어머니는 아이에게 신뢰를 심어 줄 책임이 있습니다. 아이는 어머니를 통해 세상으로부터 환영받는다는 느낌을 배웁니다. 이때 어머니 곁에서 보호받으며 안정감을 느낍니다. 무조건적인 수용을 경험하는 것이지요. 이것이 아이에게 삶에 대한 깊은 믿음을 심어 줍니다. 아이는 혼자가 아님을 알고 늘 보호받고 있음을 압니다. 이 경험 덕분에 성인이 되어 어머니가 곁에 없더라도 아이는 더 큰 존재, 즉 신에게 보호받고 있다고 느끼게 됩니다.

아버지도 아이에게 신뢰감을 심어 줍니다. 그러나 이 신뢰는 다른 성질을 갖습니다. 이는 세상에 나가 위험을 감수하며 독립적으로 살아가는 데 필요한 신뢰입니다. 아버지는 아이가 자기 삶을 지배하고 사회에서 자리를 잡을 수 있도록 뒤에서 든든히 받쳐 줍니다.

두 종류의 신뢰 모두 아이가 삶을 배우는 데 꼭 필요합니다. 이것은 어른도 마찬가지일 것입니다. 우리는 때때로 의지하고 보호받기를 원합니다. 그래서 어느 때는 어머니가 심어 주는 신뢰처럼 자신을 맡기고 자연 속에서 보호받는 느낌이 필요합니다. 또 어느 때는 아버지가 심어 주는 신뢰처럼 새로운 도전을 감수하고 책임을 지며 위험을 감수하는 경험도 필요합니다.

어린 시절 아버지와 어머니로부터 얼마나 많은 신뢰감을 얻었느냐와 상관없이, 어른이 되면 스스로에 대한 믿음을 스스로 구축해야 합니다. 우리가 자신과 다른 사람을 신뢰하려면 물론 어린 시절의 경험이 계속해서 영향을 미칠 것입니다. 그러나 과거의 경험에 얽매여선 안 됩니다. 항상 남들보다 잘해야 한다는 강박을 버릴 때 자신을 신뢰하는 법을 배울 수 있습니다. 또한 강점과 약점을 모두 가진 있는 그대로의 자신으로 살게 허락할 때 다른 사람을 신뢰하는 법도 배울 수 있습니다. 내가 먼저 다른 사람을 신뢰해야 그 사람도 나를 신뢰하는 것이지요. 내가 먼저 상대에게 신뢰를 보내는 것입니다.

그러나 무한정한 신뢰는 위험할 수 있습니다. 상대방이 내 신뢰를 어떻게 받아들이는지, 그의 반응은 어떤지, 내 신뢰를 악용하지는 않는지 살펴야 합니다. 신뢰는 자라는 것입니다. 상대를 신뢰하려면 그의 선한 씨앗을 믿어야 합니다. 다른 사람의 선한 씨앗을 믿음으로써 그 사람이 나를 신뢰하도록 해야 합니다.

그렇다면 신에 대한 신뢰도 배울 수 있을까요? 당연히 신에 대한 신뢰 역시 어린 시절의 경험에 영향을 받지만, 거기에 얽매여서는 안 됩니다. 예를 들어 오늘부터 하느님을 신뢰하기로 결심한다고 바로 신뢰가 생기는 건 아닙니다. 그러나 우리는 연습할 수 있습니다. 가령 성경 말씀을 배우고 진심으로 믿을 때, 어떤 변화가 생기는지 체험해

볼 수 있습니다. 성경 말씀을 사실로 믿고 행동으로 옮겨 보면 실제로 믿음이 자랄 수 있습니다. 가령 시편 23편의 내용을 읽었다고 합시다.

"제가 비록 어둠의 골짜기를 간다고 하여도 재앙을 두려 워하지 않으리니 당신께서 저와 함께 계시기 때문입니다."

그냥 읽는 것만으로는 효과가 없습니다. 두려운 경험을 이 말씀에 비추어 살피고, 두려움이 생길 때마다 이 말씀을 기억하려 노력하면 점차 믿음이 자랍니다. 내 영혼 깊숙이 이미 신뢰가 있었지만, 단지 두려워서 숨어 있을 뿐입니다. 시편의 말씀은 나를 내면의 신뢰와 연결해 주고, 그 신뢰는 내 의식을 통해 강해집니다. 먼저 신뢰함으로써 내 신뢰는 점점 더 강해지고 자신에 대한 신뢰, 타인에 대한 신뢰, 신에 대한 신뢰도 한층 더 단단해질 것입니다.

놀라움
뜻밖의 선물

놀라움은 예상치 못한 선물을 받는 것과 같습니다. 오랜만에 친구에게서 전화가 오면 우리는 종종 "정말 놀랐어!"라고 말합니다. 또는 친구가 우리에게 선물을 주면 포장을 풀어 보며 놀랍니다. 기대하지 않았던 선물이니까요. 때로는 산책 중 갑작기 쏟아진 소나기에 놀라기도 하고, 하늘에 뜬 무지개를 보고 놀라기도 합니다. 이렇게 놀라움이란 기대하지 않았던 일이 우리를 경이롭게 만드는 순간 생기는 감정입니다.

우리는 누군가에게 놀라움을 줄 때 기쁨을 느낍니다. 뜻밖의 일에 기뻐하는 상대방의 밝은 얼굴을 보며 함께 기뻐합니다. 그러나 어떤 것에도 놀라지 않는 사람들이 있습니다. 그들은 일상적인 틀에 갇혀 있으며, 뜻밖의 선물을 받아도 감흥을 느끼지 못합니다. 그들의 세계관에는 더 이상 새로운 일이 일어날 공간이 없습니다. 이것은 마치 "태양 아래에 새로운 건 없다"는 성경 코헬렛의 말씀처럼 체념하고 우울한 태도입니다.

놀라움이 때로는 부정적으로 사용되기도 합니다. 누군가가 갑자기 우리의 잘못을 지적하면 "네가 내게 그런 말을 하다니 놀랍다"라고 말할 수 있습니다. 관계가 좋다고 생각했거나 공동 프로젝트가 잘 진행되고 있다고 믿었기 때문에, 상대방의 부정적인 표현에 놀라는 경우입니다. 또는 우리가 긍정적으로 평가하는 것을 상대방이 갑자기 부정적으로 볼 때도 놀랍니다.

그러나 놀라움의 원래 의미는 긍정적입니다. 기대하지 않았던 선물, 방문, 칭찬은 상대방을 놀라게 합니다.

거룩한 놀라움도 있습니다. 우리는 기도나 묵상으로 신의 존재를 경험하려 애쓸 수는 있지만, 정말로 그분이 우리에게 모습을 드러낼지는 신의 결정입니다. 그것이 바로 신의 자비입니다. 때로 신은 예기치 않게 우리 앞에 나타납니다. 생각에 잠겨 산책할 때, 갑자기 구름 사이로 태양

이 빛날 때, 숲에서 나는 바스락거림이 우리를 감동시킬 때가 있습니다. 이것은 단순한 자연의 소리가 아니라, 우리가 걸으며 올렸던 기도에 대한 응답처럼 느껴집니다. 우리의 기도가 하늘에 닿았고, 신이 소리로 답을 준 것처럼 느낍니다. 일상 속에서도 우리는 거룩한 놀라움을 자주 경험할 수 있습니다. 도시에서 오랫동안 못 만나던 친구를 시내에서 우연히 만나 즐거운 대화를 나눌 때도 있습니다. 놀라움은 언제나 감탄과 감사함을 불러일으킵니다. 뜻밖의 선물을 받았으니까요.

뜻밖의 선물에 기뻐하면,
감탄과 감사가 마음에 가득 찹니다.

즐겁고 가벼운 마음

옛날 수도자들은 명랑함을 진정한 영성의 징표로 여겼습니다. 수도 생활의 목표는 'hilaritas', 즉 환희였습니다. 환희는 명랑함과 걱정 없는 즐거움을 뜻합니다. 불교에서도 쾌활함은 영적인 목표이자 깨달음의 징표로 간주합니다. 명랑함을 뜻하는 독일어 'Heiterkeit'에서 'heiter'는 원래 '빛나는, 반짝이는, 밝은, 맑은, 청명한'을 의미합니다. 이 감정의 묘사는 하늘을 관찰한 데서 유래했습니다. 하늘이 구름 한 점 없이 청명하고 맑으면, 태양이 밝게 빛나고 우리의 기분에도 영향을 미칩니다. 맑은 날씨에 명랑한 기분으로 응답하면, 우리 마음도 맑고 구름 없는 하늘처럼 밝고 가벼워집니다.

명랑한 사람에게선
희망과 신뢰가 뿜어져 나옵니다.

　명랑한 사람의 맑은 영혼에는 어둡게 하는 먹구름이 없습니다. 맑은 하늘에 낄 수 있는 구름은 오직 새하얀 뭉게구름뿐입니다. 그들이 명랑하다고 해서 다른 사람의 고통을 모르는 척하는 건 아닙니다. 고통에 처한 사람을 보면 그들의 밝은 영혼이 어둠을 환하게 비춥니다. 그들은 고통의 먹구름을 허용하지만, 내적인 명랑함으로 그 어두운 구름을 맑고 구름 없는 하늘로 변화시킵니다.

　명랑함은 큰 소리로 웃는 것이 아니라 모두를 편안하게 하는 고요한 즐거움입니다. 우리는 명랑한 사람 곁에서 편안함을 느낍니다. 명랑한 사람에게선 희망과 확신, 가벼움과 즐거움이 느껴집니다. 그래서 명랑한 사람과 대화할 때면 우리의 마음도 덩달아 가벼워집니다.

　명랑한 기분을 날씨와 구름에 비유하면 쉽게 이해할 수 있습니다. 옛날 수도사들도 영혼의 상태를 하늘에 비유했습니다. 그러나 그 하늘은 이 세상의 하늘이 아니었습니다. 그들은 자신의 신성한 하늘을 마음속에 빛나게 할 때 명랑해진다고 믿었습니다. 신비주의자이자 시인 안겔루스 질레지우스에 따르면, 우리 안에도 하늘이 있습니다. 내면의 하늘이 맑으면 우리의 기분도 맑고 즐겁습니다. 세상의 고단함도 우리를 우울하게 하지 못하고, 고통의 구름이 몰려와도 우리의 마음은 어두워지지 않습니다. 우리의 영혼 안에 신의 밝은 빛이 비치기 때문입니다. 저녁 기도 때 부르는 찬송가에서도 이 밝은 신의 빛을 찬양합니다.

"영원하고 거룩하고 복된 아버지의 빛나는 영광의 밝은 빛, 예수 그리스도. 모든 피조물이 당신을 찬양합니다."

여기서 예수 그리스도는 밝은 빛으로 불립니다. 그 빛이 우리를 비추면 우리 안에 있는 모든 것이 빛납니다. 아무리 어두운 먹구름도 우리 안에 있는 예수 그리스도의 밝은 빛을 가리지 못합니다. 이 빛은 죽음의 어둠도 극복했기 때문입니다.

우리 안에도 하늘이 있습니다.
내면의 하늘이 맑으면 우리의 기분도 맑고 즐겁습니다.

연민

공감의 치유

공감은 인간의 중요한 능력이자 연민의 전제 조건입니다. 나치 시절에는 연민이 경시되었습니다.

"강함을 칭송하라!"

남성성을 중시하던 당시의 시대적 구호에는 자신의 감정과 타인의 고통에 공감하는 능력을 억제하도록 강요받았습니다.

뮌스터슈바르자크 수도원의 수도자들은 나치당에 저항했지만, 그들 자신도 알아차리지 못한 사이에 대부분의 사상을 내면화하고 있었습니다. 전쟁이 끝난 후에도 수도원에서는 "연민은 사람을 나약하게 한다"는 말이 상식처럼 통했습니다. 제 삼촌, 슈투르미우스 그륀은 이에 격렬하게 저항하며, 연민에 대한 인상적인 설교를 했습니다. 그 설교 이후, 누구도 더 이상 그 말을 입에 담지 않았습니다. 삼촌은 연민을 기독교인의 기본자세로 보았습니다.

> 우리는 다른 사람과 공감하고
> 고통을 함께 나누어야 합니다.

독일어로 'Mitleid연민'는 그리스어 'Sympatheia'와 라틴어 'compassio'를 번역한 말입니다. 이는 다른 사람의 고통에 공감하고 함께 고통을 나눌 준비가 된 상태를 뜻합니다. 연대감을 나타내지만, 감정에 압도되어 무너지는 것을 의미하지는 않습니다. 그러면 상대방을 진정으로 도울 수 없기 때문입니다.

어린 시절 아버지 탓에 큰 고통을 겪었던 한 여성이 있었습니다. 그녀는 면담 때 이렇게 말했습니다.

"저는 연민을 원하지 않아요. 어렸을 때 사람들은 저만 보면 '불쌍하기도 하지, 도대체 무슨 일이 있었던 거니?'라고 물었어요. 저는 그런 말을 듣는 게 끔찍하게 싫었어요. 사람들이 저를 불쌍하게 여기는 게 싫었거든요. 사람들의 동정이 저를 더 괴롭게 했어요."

충분히 그럴 수 있다고 생각합니다. 이 여성은 연민을 경멸로 받아들였습니다. 그러다 보니 그녀에게 연민은 위로나 격려가 아니라 멸시로 느껴졌습니다. 사람들의 연민은 그녀에게 힘을 주기는커녕 오히려 힘을 빼앗았습니다. 그녀는 사람들이 자신을 불쌍하게 여기는 게 싫었고, 괴로움의 악순환을 끊고 싶었습니다. 그녀에게 필요한 것은 격려와 연대감이었습니다. 그런데 사람들은 그저 그녀를 불쌍하게만 여겼고, 그것은 그녀를 더욱 무기력하게 만들었습니다. 그녀가 원했던 건 동정이 아니었기 때문입니다.

연민은 단순히 상대를 동정하는 것이 아니라, 그를 세우고 지지하는 것이어야 합니다. 성경에서 예수님의 연민을 말할 때 'splanchnizomai'라는 단어를 씁니다. 이는 '내장 깊은 곳에서 감동을 받는다'는 뜻인데, 그리스인들은 이곳을 감정의 중심으로 여겼습니다. 예수님은 나병 환자를 보고 연민을 느껴 손을 내밀었습니다.(마르 1, 41) 그분은 다른 사람들의 고통을 함께 느끼지만, 그것에 사로잡히지는 않습니다. 예수님은 하느님과 같으므로 괴로움이 들어설 수 없습니다. 이것이 연민의 중요한 전제조건입니다. 우리에게는 다른 사람의 괴로움에 물들지 않을 안전지대가 필요합니다. 안전하게 돌아갈 수 있는 고유한 영역이 있어야 합니다. 그래야 그 안전지대에서 다른 사람의 고통을 함께 나눌 수 있습니다. 우리는 마음을 열어 다른 사람의 고통에 공감해야 하지만, 동시에 우리 자신을 보호할 공간을 남겨 두어야 합니다.

루카복음에서 예수님은 우리에게 이렇게 요구합니다.

"너희 아버지처럼 자비롭고 공감하는 사람이 되어라."(루카 6, 36)

불교에서도 이러한 연민, 즉 자비를 가르치며, 이는 인간들뿐만 아니라 동물과 자연에까지 확장됩니다. 이는 기독교에서도 중요한 덕목이지만, 우리는 자주 이것을 소홀히 했습니다. 하느님은 예언자 요나에게 이렇게 말합니다.

"오른쪽과 왼쪽을 가릴 줄 모르는 사람이 십이만 명이나 있고, 또 수많은 짐승이 있는 이 커다란 성읍 니네베(고대 메소포타미아 지역의 중요한 도시로 오늘날의 이라크 북부 지역에 있다. 아시리아 제국의 수도로서, 기원전 7세기경 아시리아 제국의 전성기에 가장 번영한 도시 중 하나였음-옮긴이 주)를 내가 어찌 아끼지 않을 수 있겠느냐?"(요나 4, 11)

하느님은 길을 잃고 삶의 의미를 찾지 못하는 사람들과

짐승들을 불쌍히 여깁니다. 그러므로 예수님이 요구하는 연민은 존재하는 모든 것에 대한 연민입니다.

라틴어 'compassio'는 영어의 'compassion'이 되었고, 이는 단순한 고통을 넘어 열정을 의미합니다. 연민을 느끼는 사람은 적극적으로 행동하여 다른 사람들을 돕고, 모든 창조물을 위해 헌신합니다. 이는 단순한 감정적 반응을 넘어서 적극적인 참여와 지속적인 노력을 요구합니다.

예수님이 우리에게 요구하는 동정, 자비, 연민을 루카복음에서는 기독교인의 기본자세로 묘사합니다. 사제와 레위인(성경에서 이스라엘 민족의 열두 지파 중 하나인 레위 지파에 속한 사람들을 가리킴-옮긴이 주)은 강도에게 피해를 당한 사람을 그냥 지나칩니다. 그러나 선한 사마리아인은 그를 보고 "가엾은 마음이 들었습니다."(루카 10, 33) 히에로니무스는 이 대목을 "자비로운 마음이 그를 움직이고 자극했다"로 해석합니다. 연민은 마음의 자극이며, 고통받는 사람에게 공감하는 감정입니다. 특히 사마리아인에게 연민은 실천을 뜻합니다. 루카복음에서는 선한 사마리아인의 능동적 실천을 이렇게 묘사합니다.

"그에게 다가가 상처에 기름과 포도주를 붓고 싸맨 다

우리에게는 다른 사람의 괴로움에 물들지 않을
안전지대가 필요합니다.
안전하게 돌아갈 수 있는
고유한 영역이 있어야 합니다.
그래야 그 안전지대에서
다른 사람의 고통을 함께 나눌 수 있습니다.

음, 자기 노새에 태워 여관으로 데리고 가서 돌보았다."(루카 10, 34)

선한 사마리아인은 연민을 느끼는 것에서 그치지 않습니다. 정확히 말하면, 동정심이 그를 행동하게 합니다. 루카복음은 그의 행동을 매우 구체적으로 묘사합니다. 사마리아인은 거의 죽도록 맞은 남자를 자기 노새에 태웁니다. 이는 얕은 동정이 아니라 진정한 도움과 격려입니다. 선한 사마리아인은 다친 사람을 돌봅니다. 그러나 평생 곁에 남아 보살피진 않습니다. 그는 다친 사람을 여관 주인에게 맡기고, 자신의 삶을 계속 살아갑니다. 다친 사람을 책임지고 돌보지만 적당한 때에 그 책임을 다시 내려놓습니다.

우리는 선한 사마리아인 이야기에서 연민의 비밀을 발견할 수 있습니다. 연민은 단순히 느낌으로 그치지 않고 우리를 행동하게 합니다. 공감으로 우리는 다른 사람의 고통을 함께 느끼고, 그 고통을 덜어 주기 위해 무엇을 할 수 있을지 고민합니다. 첫 번째 반응은 이해하고, 공감하며, 고통을 인식하는 것입니다. 이때 섣불리 조언하기보다는 그 사람이 대화를 통해 괴로움을 표현할 수 있게 돕는 것이 좋습니다. 그것만으로도 큰 도움이 될 수 있습니다. 그

다음 우리는 그에게 무엇이 필요한지 물어볼 수 있습니다.

그 사람은 고통받기만 하는 존재가 아닙니다. 그 안에는 고통을 이겨낼 힘이 있습니다. 그것을 상기시키고, 그 힘으로 안내하는 것이 우리의 역할입니다. 그 사람은 고통을 넘어 내면의 고요한 공간에 이를 수 있습니다. 그곳은 물들지 않는 피난처로, 그가 보호받고 안정을 찾을 수 있는 장소입니다.

스스로 이런 영혼의 깊은 곳, 다른 사람의 괴로움이 들어올 수 없는 고요한 내적 공간에 이르렀을 때 비로소 다른 사람에게 적절하게 연민을 보일 수 있습니다. 이것이 이슬람 신비주의자 루미가 "포옹을 받고 싶다면 너의 팔을 벌려라"라고 말한 이유일 것입니다.

다섯 번째 강의 :
나를 안정시키는 기분 좋은 감정들

- '자유'에서 '평정심'까지

자유
나 자신과의 조화

자유는 미덕에 속합니다. 철학자들은 인간을 자유로운 존재라고 말합니다. 인간에게는 자유 의지가 있기 때문입니다. 그러나 자유는 생활 방식, 교육의 정도, 성격이 부과하는 한계에 따라 항상 제한될 수 있습니다. 철학자들은 '~로부터의 자유'와 '~를 위한 자유'에 대해 이야기합니다. 성숙한 인격은 우리의 감정과 욕구, 다른 사람들의 기대와 권력으로부터 자유를 찾고, 이기주의에 자신을 맡기지 않는 것을 목표로 삼습니다. 긍정적 자유 의지는 어떤 목표를 이루기 '위해' 존재하며, 사람들을 '위해' 헌신하고, 사랑을 실천하기로 결정합니다.

자유는 항상 나 자신과의 조화를 의미합니다.
나는 자유롭게 나 자신이 될 수 있습니다.
나는 고유하고 진실합니다.

우리는 철학자가 말하는 '미덕으로서의 자유'와 우리가 느끼는 '감정으로서의 자유'를 구별해야 합니다. 여기서 중요한 것은 자유로운 방법이나 결정이 아니라 내가 자유롭다고 느끼는지 여부입니다. 우리는 때때로 아주 자유롭다는 느낌을 경험합니다. 그런 순간에는 다른 사람의 의견에 좌우되지 않으며, 자신의 타고난 본래 모습을 드러낼 수 있습니다. 이때는 남들이 나를 어떻게 생각하고 판단하는지 신경 쓰지 않습니다. 온전히 나 자신이 되는 자유를 누립니다. 자유는 항상 나 자신과의 일치를 의미합니다. 나는 자연스럽고 진정성 있는 내 모습을 느끼며, 이러한 자유로 인해 본래의 나로 존재할 수 있습니다.

늘 불안에 시달리는 한 사제를 면담한 적이 있습니다. 그 사제가 설명하길, 한번은 묵상 중에 아주 잠깐 자유를 느꼈고, 그때 너무나 행복했다고 합니다. 그 순간만큼은 불안에서 벗어나 온전한 자기 자신을 느낄 수 있었으니까요.

이처럼 자유는 우리의 가슴을 펴게 하고 어깨에 날개를 달아 줍니다. 자유를 느낄 때 삶에 애정이 생깁니다.

독일 시인 프리드리히 실러도 자유의 느낌에 매료되었습니다. 그는 군인을 자유로운 인간의 표상으로 삼았습니다.

죽음을 직시할 수 있는 자,
군인만이 진정한 자유인이다.

그리고 다른 시에서 이렇게 말합니다.

인간은 자유롭게 창조되었고 자유롭다.
비록 사슬에 묶여 태어났다 할지라도.

자유는 인간이 경험할 수 있는 놀라운 감정입니다. 누군가가 이것을 머리로만 이해하는 것이 아니라 마음으로도 느낀다면, 그는 인간으로서의 존엄성을 깨닫고 당당하게 살아갈 겁니다. 그는 사람들 무리에 들어가거나 다른 사람들 앞에서 말하는 것을 두려워하지 않을 것입니다. 그는 있는 그대로의 모습으로 다른 사람 앞에 설 수 있습니다. 자기 자신의 두려움이나 다른 사람의 기대에 휘둘리지 않고, 자유롭게 말하고 행동할 수 있습니다.

자유는 우리의 가슴을 펴게 하고
어깨에 날개를 달아 줍니다.
자유를 느낄 때 삶에 애정이 생깁니다.

어떤 사람들을 보면 그들이 내면적으로 자유롭다는 것을 느낄 수 있습니다. 그들은 자신을 증명해야 한다는 압박감 없이 그저 존재합니다. 있는 그대로 존재하며 진실로 자유롭습니다. 이런 사람들을 만나는 것은 그 자체로 해방감과 기쁨을 줍니다.

행복

단순한 삶의 기쁨

"모든 사람은 행복해지고 싶어 한다."

기원전 400년경 플라톤은 행복에 대한 갈망을 이렇게 말했습니다. 그리고 그 이후로도 수많은 철학자, 신학자, 시인들이 계속해서 행복 추구 원칙을 상기시켜 왔습니다.

우리는 상태로서의 행복과 감정으로서의 행복을 구분해야 합니다. 감정으로서의 행복은 기쁨과 유사하지만, 다릅니다. 어떤 사람들은 "나는 모든 면에서 행복해"라고 말합니다. 이 문장에는 감정과 기분이 포함되어 있습니다. 누군가는 소망하던 삶을 이루었기 때문에 감사와 만속을 느낍니다. 어떤 사람은 현재 사랑을 하고 있어서 행복합니다. 그는 한 여자를 사랑하고, 그녀로부터 사랑을 받고 있습니다. 또 어떤 사람은 아름다운 자연 경관을 보거나 웅장한 오페라를 관람하며 행복을 느낍니다. 자신을 넘어서는 무언가에 감동을 받았기 때문입니다.

지금 이 순간에 경험하는 것을
지금 이 순간에 누릴 수 있어야
행복합니다.

많은 사람들은 행복을 돈으로 살 수 있다고 믿습니다. 주말에 호화 여행을 예약하고 행복을 기대하지만, 행복은 돈으로 살 수 없습니다. 또한 돈을 많이 번다고 해서 행복한 것도 아닙니다. 철학자들은 행복이란 자기 자신과 조화를 이루고, 자기 삶에 만족하는 것이라고 말합니다. 다시 말해 매일 경험하는 일상에서 기쁨을 느끼는 겁니다. 그러므로 행복을 느끼기 위해서는 그것을 받아들이려는 마음 자세가 필요합니다. 지금 이 순간에 경험하는 것을 지금 이 순간에 누릴 수 있어야 합니다. 끊임없이 행복을 좇는 사람은 오히려 그것을 놓치게 됩니다. 필사적으로 행복을 찾으려 하면 공허함만 남습니다.

예수님은 산상수훈(마태오복음 5장부터 7장에 나오는 예수님의 가르침-옮긴이 주)에서 인간이 행복을 느끼는 중요한 조건들을 보여줍니다.

첫째, 소유에 대한 내면의 자유, 즉 불교에서 말하는 집착 내려놓기입니다. 둘째, 자신과 다른 사람에 대한 자비심입니다. 자신에게 가혹한 사람은 결코 행복해질 수 없습니다. 셋째, 정의를 추구하는 노력입니다. 우리는 나 자신과 주변 사람들에게 공정할 때 행복을 경험할 수 있습니다.

예수님은 산상수훈의 8가지 복(마태오복음 5장 3절에서 10절 속 예수님이 말한 8가지 행복으로, 마음이 가난한 사람, 슬퍼하는 사람, 온유한 사람, 의로움에 굶주리고 목마른 사람, 자비로운 사람, 마음이 깨끗한 사람, 화평하게 하는 사람, 정의를 위하여 박해를 받는 사람에게 복이 있음을 뜻함-옮긴이 주)에서 완전한 세상을 약속하지 않고, 현실 세계에서도 행복에 이르는 길을 보여줍니다. 예수님은 다른 사람에게 모욕당하더라도 행복할 수 있는 기술을 알려줍니다. 그것은 누구도 빼앗을 수 없는 내면의 행복입니다. 예수님은 우리 안에 있는 하느님의 나라가 곧 내면의 행복이라고 말합니다. 그분이 우리 안에 있을 때 우리는 사람들의 권력으로부터 자유로워질 수 있습니다. 우리는 또한 우리 자신의 진정한 자아, 하느님이 우리에게 기대하는 본연의 모습을 찾을 수 있습니다. 우리 안에 있는 진정한 하느님을 만나면 우리는 행복하고, 마침내 자신과 조화를 이루게 됩니다. 이때 비로소 우리는 행복을 느껴야 한다는 압박에서 벗어납니다. 이 순간 우리는 온전히 나 자신이 됩니다. 철학적으로 표현하면 '순전한 존재'가 되는 것입니다. 이것이 곧 행복을 의미합니다. 순전한 존재는 자신을 증명할 필요가 없고, 인정받으려 애쓸 필요도 없으며, 반드시 행복을 느껴야 할 필요도 없습니다. 우리는 그저 존재하는 것 자체로 행복합니다. 모든 존재와 완전히 조화를 이루면 행복하기 때문입니다. 신학적으로 말하면, 하느님이 선물한 것과 내가 일치하면 나는 행복합니다.

순전한 존재는 자신을 증명할 필요가 없고,
인정받으려 애쓸 필요도 없으며,
반드시 행복을 느껴야 할 필요도 없습니다.
우리는 그저 존재하는 것 자체로 행복합니다.

영혼의 깊이

영화를 본 뒤 마음에 남는 울림을 '감동'이라 말합니다. 영화뿐 아니라 이야기와 영상, 분위기도 우리에게 감동을 남깁니다. 무엇인가가 우리의 영혼 깊이 들어와 마음을 사로잡으면 쉽게 벗어날 수 없습니다. 또는 누군가의 한마디가 우리를 감동하게 할 때도 있습니다. 우리는 말을 귀로만 듣지 않고 마음으로도 듣기 때문입니다. 그 말이 우리의 내면 깊숙이 와 닿을 때 저항할 수 없습니다. 노래 한 곡, 공연 한 편이 우리의 마음을 울리고 감동을 줍니다. 이는 단순히 잠깐 마음에 닿았다 사라지는 것이 아니라 오래 지속됩니다.

우리는 감동을 받으면 피상적인 것들에 대해 이야기하

고 싶어 하지 않습니다. 우리는 고요해지고, 멈춰 서서 온전히 자신에게 집중하게 됩니다. 이때 우리는 새로운 방식으로 자신을 경험하며, 영혼 깊은 곳에 닿게 됩니다. 그리고 오래도록 그곳에 머물고 싶어 합니다. 피상적인 삶으로 돌아가기를 원하지 않게 됩니다.

감동할 때 우리는 온전히 자기 자신이 됩니다.
거대한 고요가 마음에 퍼집니다.

때로 우리는 감동을 표현하기 위해 가슴에 손을 얹습니다. 이 몸짓은 무언가가 우리를 감동하게 한 곳, 즉 우리의 중심부인 심장을 가리킵니다. 심장은 우리 몸의 중심이자 가장 깊은 감정의 신체 기관입니다. 때로 우리는 너무 감동하여 눈물을 흘리기도 합니다. 감동은 눈물로 표현되며, 그것은 우리 안에 있던 무언가를 흐르게 만듭니다.

눈물을 흘릴 때, 우리는 온전히 그 눈물 속에 있습니다. 그 순간 다른 아무것도 할 수 없습니다. 우리는 감동의 눈물을 기꺼이 받아들이고, 그것이 흘러가도록 내버려두기를 원합니다. 그러면 우리는 자신을 내려놓을 수 있습니다. 더 이상 자아에 집착하지 않게 됩니다. 이때 우리는 마음 깊은 곳의 울림을 경험합니다.

내면의 모든 혼란이 잠잠해집니다.
감동이 우리의 마음을 하나로 모으기 때문입니다.
이는 온전히 자기 자신으로 존재하는 내면 깊은 곳에
마음을 집중시킵니다.

때로는 침묵으로 감동을 표현하기도 합니다. 오롯이 자신에게 집중하면서 우리는 자신을 감동하게 한 것이 무엇인지 되새깁니다. 그리고 내 안에 아주 중요한 일이 일어났음을 느낍니다. 이때 우리는 아무 일 없다는 듯 다시 일상으로 돌아갈 수 없습니다. 그것은 소리 없는 메아리처럼 여운을 남기기 때문입니다. 그때는 어떤 명상 기법도 따로 필요하지 않습니다. 이미 감동 속에서 명상의 효과를 경험했기 때문입니다. 이때 우리는 온전히 자기 자신이 되고, 마음의 중심에 머물게 됩니다. 그 안에서 거대한 고요가 나를 감쌉니다. 내면의 모든 혼란이 감동에 의해 하나로 모이고, 나의 마음은 내면 깊은 곳으로 집중됩니다. 그곳에서 나는 온전히 나 자신이 됩니다.

경이

지혜의 시작

경이로움을 뜻하는 독일어 'Staunen'은 'stauen고이다'에서 유래했습니다. 매혹적인 석양 앞에 설 때 내 안에 무언가가 고여 그 자리에 멈춰 서게 됩니다. 그때 외부의 인상들이 내 안으로 스며듭니다. 우리는 우리 앞의 그 경이로움에 놀라게 됩니다.

그리스어로 경이로움을 뜻하는 단어는 'thaumazein'인데, 이는 '놀라다'라는 뜻도 있습니다. 경이로움은 나를 사로잡는 놀라움과 관련이 있습니다. 그 놀라움이 우리를 경이로 이끕니다.

고대 철학자들은 경이로움이 모든 철학의 시작이라고

말합니다. 어떤 장면에 경이로움을 느끼면 우리는 가만히 멈춰 서서 잘 살피고 그 신비를 알아내려 애씁니다. 눈 앞의 광경에 감탄하고, 그것을 더 깊이 이해하고자 합니다. 경이롭다고 여기는 대상을 이해하고자 하는 것이 철학의 시작입니다. 경이로움은 또한 놀라움에 굳어 전율한다는 뜻이기도 합니다. 나를 매혹하는 것이 동시에 나에게 충격을 주는 것이지요. 그것은 나의 피부 아래로 스며들고, 나는 외부 자극에 압도당합니다.

경이로움 속에서 우리는 시각, 청각, 후각 및 모든 감각으로 그 순간을 느낍니다.

성경은 하느님의 거룩함과 성전의 아름다움 앞에서 느끼는 감정을 경이로운 충격으로 설명합니다. 이 경이로운 충격이야말로 진정한 신학의 시작입니다. 경이로운 충격을 통해 하느님을 체험하는 것이 신학이며, 이를 말로 표현하고 설명하는 것이 신학의 역할이기 때문입니다.

경이로움은 우리 내면을 넓히는 숭고한 감정입니다. 이 감정은 말 그대로 입을 다물지 못하게 합니다. 나는 아무 말도 할 수 없고, 그저 감동할 뿐입니다. 경이로움은 또한 우리를 얼어붙게 만들기도 합니다. 내 모든 감각이 내가 경험하는 것에 고정됩니다. 나는 꼼짝 못 하고 멈춰 서지만, 이 표면적 얼어붙음은 생기 없는 상태와는 다릅니다. 오히려 그것은 최고의 긴장감과 생동감을 표현합니다.

특히 아이들은 경이로움을 잘 느낍니다. 그들은 크리스마스트리의 반짝이는 불빛 앞에서 입을 벌리고 눈을 크게 뜨고 멈춰 서 있습니다. 아이들은 온몸으로 세상을 봅니다. 어른들은 아이들의 감탄하는 능력을 부러워하고, 심지어 질투하기도 합니다. 나이가 들면서 이 능력을 잃어버렸기 때문입니다. 그들은 무뎌져서 더 이상 아무것에도 놀라지 않습니다.

그러나 경이로움을 느끼지 못하는 사람은 삶이 빈곤해집니다. 그 삶에는 더 이상 내면의 열정이 없습니다. 경이로움은 우리 영혼의 깊은 곳까지 가 닿아 우리를 그 순간에 완전히 감싸는 감정입니다. 이 경이로움 속에서 우리는 시각, 청각, 후각 및 모든 감각으로 그 순간을 느낍니다. 그리고 우리는 경이로움을 통해 더 깊이 바라보고 모든 존재의 근원에 닿고자 합니다.

> 우리는 경이로움을 통해 더 깊이 바라보고
> 모든 존재의 근원에 닿고자 합니다.

기쁨

영혼의 넓이

구약성서 전도서에서 지혜를 전하는 전도자인 코헬렛은 염세주의에 빠진 사람처럼 삶의 허무함을 길게 나열한 뒤 이런 충고를 덧붙입니다.

"그러므로 너는 기쁘게 네 빵을 먹고, 즐겁게 네 포도주를 마셔라."(코헬렛 9, 7)

전도자 코헬렛은 인간이 온갖 고통을 겪더라도 기쁨을 느끼도록 창조되었다고 말합니다. 과연 우리는 고통 속에서도 기뻐하며 빵을 먹을 수 있을까요? 분명히 우리에게는 모는 고통 속에서도 기쁨을 선택하는 것이 중요합니다. 그러나 기쁨은 단순히 명령에 따라 느낄 수 있는 감정이 아닙니다. 그러니까 기쁨은 충만한 삶에서 오는 것이지, 노력으로 얻을 수 있는 감정이 아닙니다. 하지만 의미 있게 사는 노력은 할 수 있습니다. 그러면 언젠가 우리 안에 있는 기쁨을 만나게 될 것입니다. 의미 있는 삶을 의식하며 살수록 내 안의 기쁨을 더 많이 느끼게 될 것입니다.

우리 모두의 영혼 깊숙한 곳에는 기쁨이 존재하지만, 우리는 종종 이 기쁨과 단절된 채 살아갑니다. 우리는 내면의 기쁨과 만나는 연습을 해야 합니다. 기쁨은 우리의 영혼을 넓힙니다. 우리가 기쁨을 느낄 때 많은 일이 더 쉽게 이루어지고, 그때 우리 삶은 다른 맛을 갖게 됩니다. 기쁨이 원래 자리를 차지할 때, 우리 삶 전체가 치유됩니다.

베레나 카스트는 기쁨을 고양된 감정이라고 말했습니다. 이처럼 기쁨은 우리 영혼에 도움이 됩니다. 기쁨은 영혼을 넓히고, 삶에 활기를 주며, 우리를 더 가볍게 만듭니다. 기쁨은 우리를 다른 사람들과 이어 줍니다. 기쁜 일이 생기면 그 기쁨을 다른 사람과 나누고 싶은 게 당연하니까요. '기쁨을 나누면 두 배가 된다'는 속담도 있지 않습니까. 기쁨은 관계를 형성하고, 활기를 선물합니다. 기쁨은 우리의 건강도 강화합니다. 구약의 현자들은 이미 이것을 잘 알았습니다.

"즐거운 마음은 건강을 좋게 하고, 상심한 마음은 뼈를 마르게 한다."(잠언 17, 22)

좋은 기분은 몸에도 좋은 영향을 미칩니다. 기쁨은 건강에 좋습니다. 근심을 안고 잠자리에 들면, 잠자는 동안에도 근심이 나를 괴롭힙니다. 그러나 "기쁘게 든 잠은 진수성찬과 같습니다. 진수성찬은 우리 몸에 좋습니다."(집회 30, 25)

우리는 자신이나 다른 사람에게 기쁨을 강요할 수는 없습니다. 그러나 때로는 기쁨을 호소할 필요가 있습니다. 그래서 사도 바오로는 감옥에서 필리피(고대 그리스의 마케도니아 지역에 위치한 도시-옮긴이 주) 신자들에게 편지로 호소합니다.

"주 안에서 항상 기뻐하십시오. 거듭 말하건대, 기뻐하십시오."(필리피 신자들에게 보낸 서간 4, 4)

우리는 종종 인지하지 못한 채 우울함에 빠지거나 부정적인 감정에 휩싸입니다. 그러나 기뻐할 이유는 충분히 많습니다. 사도 바오로가 말한 '주 안에서 누리는 기쁨'뿐 아니라, 매일의 작은 일상에서도 기쁨을 찾을 수 있습니다. 이를테면 신선한 아침 공기, 떠오르는 태양, 아름다운 풍경, 친절하게 인사하는 사람 등 우리 삶에는 작은 기쁨들이 가득합니다. 열린 눈으로 세상을 보면 우리는 더 많은 기쁨과 마주하게 됩니다.

카스트는 기쁨에는 주의를 기울이는 것 말고는 아무런 비용이 들지 않는다며 이렇게 말합니다.

"우리는 아름다운 것을 보고 듣습니다. 그것들이 우리를 감동시키고 사로잡고 뭔가를 꽃피웁니다."

그리고 기쁠 때 공중제비를 돌 수 있다면, 기쁨은 중력을 이기게 됩니다.

"기쁨은 우리 안에 있는 초월적 힘을 암시합니다."

예수님도 기쁨을 이렇게 이해했습니다. 요한복음에서 예수님은 우리에게 기뻐하라고 호소하는 대신, 그저 자신의 말이 우리를 기쁨의 샘으로 인도할 거라고 말합니다.

"내가 너희에게 이 말을 한 이유는, 내 기쁨이 너희 안에 있어 너희 기쁨을 충만하게 하려 함이다."(요한 15, 11)

예수님은 말씀으로 기쁨을 나누어 주며, 우리가 그분의 기쁨을 함께 느끼게 합니다. 그분의 말이 우리 안에 들어오면, 우리는 일상의 많은 근심과 두려움 때문에 잊고 있었던 우리 안의 기쁨의 샘을 다시 떠올릴 수 있습니다. 예수님의 말씀은 우리 영혼 깊은 곳에서 기쁨을 끌어올려 우리가 그 기쁨을 인식하게 합니다.

노래를 부를 때도 종종 이런 기쁨을 느낍니다. 노래함으로써 영혼 깊은 곳에 잠든 기쁨이 깨어나 우리의 기분을 바꾸어 줍니다. 아우구스티누스는 이렇게 말합니다.

"합창Choros은 기쁨Chara에서 나온다."

합창은 기쁨의 표현이며, 노래는 우리 안의 기쁨으로 인도합니다. 이는 모든 음악에 해당합니다. 기분이 좋지 않은 사람도 모차르트, 바흐, 헨델의 음악을 들으면 기분이 좋아집니다. 음악이 마음의 공기를 바꾸고, 우리를 기쁨으로 채우기 때문입니다.

> 의미 있는 삶을 의식하며 살수록
> 더 많은 기쁨을 느끼게 됩니다.

기쁨을 느끼기 위해 많은 것이 필요하지 않습니다. 지금 이 순간에 온전히 존재하는 것만으로도 충분합니다. 그러면 나는 존재 자체만으로도 기쁨을 느낄 수 있습니다. 숨 쉬는 것을 기쁨으로 느낄 수 있습니다. 숨을 들이마시며 기쁨, 생명, 사랑, 명료함, 신선함을 느낍니다. 아무것도 하지 않고도 그 순간을 즐길 수 있습니다. 가만히 앉아서 숨을 쉬고, 보고, 듣고 냄새를 맡습니다. 나는 자신과 조화

small ordinary things

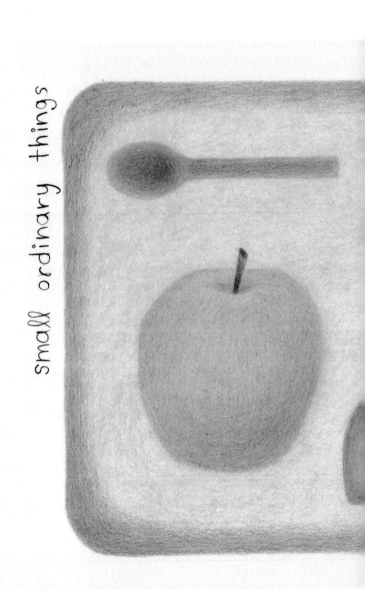

기쁨을 느끼기 위해 많은 것이 필요하지 않습니다.
'지금'을 살기만 하면 됩니다.

를 이루고 있습니다. 외부에서 주어지는 선물도 필요 없습니다. 지금 이 순간에 온전히 존재하는 것만으로도 기쁨을 경험할 수 있습니다. 그러나 모든 걱정을 내려놓고, 모든 잡념을 버리고, 이 순간에 온전히 존재하는 것도 연습이 필요합니다.

자연은 기쁨의 중요한 원천 중 하나입니다. 구약성서의 시편에서 시인은 기쁨으로 관찰한 것들을 이야기합니다. 그는 하느님이 골짜기마다 샘물을 솟아나게 하여 들짐승들이 그 샘물로 목을 축이는 모습을 기뻐합니다. 또 하늘을 날고 나뭇가지에 앉아 지저귀는 새들이 노래하는 것을 기뻐합니다.

또한 그는 하느님이 인간에게 준 포도주가 "사람의 마음을 기쁘게 한다"(시편 104, 15)고 찬양합니다. 그리고 시를 이렇게 끝맺습니다.

"내 노래가 그분 마음에 들었으면! 나는 주님 안에서 기뻐하네."(시편 104, 34)

창조물에 대한 기쁨은 창조자에 대한 기쁨과 동시에 일어납니다. 세상은 우리가 열린 눈과 감사하는 마음으로 바라본다면, 기쁨으로 가득 차 있습니다.

기쁨을 뜻하는 독일어 'Freude'는 '흥분시키다, 움직이다, 활기찬, 빠른'을 뜻하는 어근에서 왔습니다. 기쁨은 우리의 맥박을 더 빨리 뛰게 하고, 우리 몸에 에너지가 흐르게 합니다. 모든 일이 척척 풀리게 하고, 삶을 가볍게 합니다. 기쁨은 삶에 가벼움을 선사하고, 긴장감과 부담을 덜어 줍니다. 기쁨에서 비롯된 행동은 더 많은 성공을 가져오며, 모든 일이 더 쉽게 느껴지게 합니다. 기쁨은 창의력의 중요한 원동력입니다. 기쁨으로 일하는 사람은 쉽게 지치지 않고, 하려는 모든 일이 잘됩니다. 그는 일을 부담으로 느끼지 않고, 기쁨으로 받아들이기 때문입니다.

성경은 하느님을 진정한 기쁨의 근원으로 봅니다. 시편에서는 "나의 기쁨의 하느님"(시편 43, 4)이라고 표현합니다. 시편의 저자가 말하는 하느님은, 두려움을 주는 하느님과는 다릅니다. 하느님은 기쁨의 근원입니다. 훌륭한 예배에서 하느님을 찬양하는 것은 경건한 유대인의 마음을 기쁘게 합니다. 또한 우리는 하느님이 모든 눈물을 닦아 주고 계속해서 삶을 기쁨으로 채워줄 것임을 알고 있습니다. 우리는 하느님의 든든한 보호 아래 계속해서 기뻐할 수 있습니다. 이는 슬픔을 부정하는 쾌락이 아닙니다. 신실한 신앙인은 삶의 부정적 경험도 받아들입니다. 그리고 하느님이 슬픔을 기쁨의 춤으로 바꿀 수 있음을 압니다. 예수님도 이 구약의 기쁨에 대한 관점을 받아들이며 이렇게 말했습니다.

"지금은 너희가 슬퍼하나 내가 너희를 다시 보게 되면 너희 마음이 기쁠 것이고, 아무도 너희의 기쁨을 빼앗지 못할 것이다."(요한 16, 22)

교부들은 예수님이 말한 기쁨을 완전한 기쁨이라 부릅니다. 초기 기독교의 중요한 신학자이자 교부인 그레고리우스 폰니스는 이를 "깰 수 없는, 언제나 현존하는 무한한 기쁨"이라고 말합니다. 이 기쁨은 눈에 보이는 것에 묶여 있지 않고, 우리 영혼의 깊은 곳에서 흘러나옵니다. 이는 신을 체험하는 것과 같습니다. 그레고리우스 포니사는 신을 체험한 사람은 비록 외부의 고난으로 인해 그 기쁨이 가려질 수 있지만, 결코 빼앗길 수 없는 기쁨을 갖게 된다고 말합니다. 그것이 바로 신성한 기쁨입니다.

그리스 신비주의자들이 말한 내면의 기쁨을 독일의 시인 괴테는 이렇게 표현했습니다.

"최고의 기쁨은 자신 안에 사는 것이다."

영혼이 육체에 기꺼이 깃들고, 내가 나 자신에게서 집에 있는 것처럼 편안함을 느낄 때, 나는 기쁨으로 가득 차게 됩니다. 기쁨은 의식적이고 충만한 삶의 표현입니다. 자기 안에 사는 사람은 마음 깊은 곳에서 삶의 기쁨을 발견합니다. 먹구름이 기쁨을 가릴 때조차도 기쁨은 늘 그 안에 있습니다. 나를 둘러싼 갈등과 역경에 굴하지 않고 계속해서 마음 깊은 곳으로 들어가면 이 기쁨을 만날 수 있습니다. 신비주의자들은 가장 내밀한 고요의 공간, 내면의 작은 방에 대해 말합니다. 그들은 그곳에서 천사들의 즐거운 노래로 표현되는 신성한 기쁨을 경험합니다.

올곧은 대나무의 기상

초기 교회는 자부심을 7가지 죄악 중 하나로 여겼습니다. 토마스 아퀴나스는 '교만superbia'을 죄의 뿌리라 일컫고 자기를 돋보이게 하려는 욕구로 보았습니다. 그래서 자부심을 자기 존중보다 자만으로 취급하며 오만함이나 자기중심적 과시욕과 동일시했습니다. 그러나 독일어 'Stolz'는 자기 가치를 인정하는 자랑스러움으로 해석됩니다. 그래서 독일 사람들은 이 감정을 더 잘 이해합니다.

'자부심Stolz'은 원래 '특별하고 뛰어난 것'을 의미하며, 이는 특별한 가치를 보여줍니다. 이 단어는 '대나무 말, 죽마Stelze'에서 유래했는데, 이는 '당당하고 탁월하며 자신감 넘치는' 사람을 의미합니다. 어원을 따지면 자부심은 높은 자존감, 자신의 재능과 성취에 대한 기쁨을 뜻합니다.

우리는 부모나 자식, 고향이나 조국에 대해서도 자부심을 느낄 수 있습니다. 내가 인정하고 가치를 부여하는 사람들, 내가 동일시하거나 내 일부로 여기는 사람들의 빛을 받아 나를 빛나게 할 수 있습니다. 이것은 긍정적인 일입니다. 심리학에서 자부심은 행복의 기본입니다.

그러나 자부심에는 양면성이 있습니다. 금욕주의를 표방한 책들에서는 자부심을 다양한 개념으로 설명합니다. 자부심은 다른 사람의 인정에 의존하지 않고도 자신의 가치를 스스로 인정하는 독립적인 태도를 의미합니다. 이것이 자부심의 첫 번째 긍정적인 면입니다. 하지만 자신을 다른 사람의 시선으로 정의하는 사람은 명예욕이나 허영심에 사로잡히게 됩니다. 그러면 이때의 '자부심'은 고대 수도승 심리학자 에바그리우스 폰티쿠스가 언급한 8가지 죄악 중 하나가 됩니다.

라틴어로 'vitium'은 인간 영혼의 위험을 의미하지만, 동시에 '힘vis'도 내포합니다. 이는 명예욕이 죄악일지라도, 그 안에서 성실하게 다른 사람을 위해 일하는 긍정적 힘을 발견할 수 있음을 의미합니다. 자부심에 내포된 또 다른 죄악은 시기심입니다. 이는 자신을 다른 사람과 비교하는 데서 비롯됩니다. 자부심의 두 번째 단면인 명예욕과 시기심 외에 세 번째 단면은 교만입니다. 교만은 자신을 다른 사람보다 우위에 두는 태도입니다. 그러나 교만은 종종 자신의 진짜 모습에 대한 두려움에서 비롯됩니다. 자신의 현실을 보지 못하고 높은 이상과 자신을 동일시하는 것입니다. 교만은 자신의 한계를 받아들이기를 거부하는 것입니다. 이는 인간에게 실제로 위험한 태도입니다. 교만은 신과 자신을 동급으로 보는 것입니다. 그래서 그는 다른 사람들 위에 군림하려 합니다.

> 우리는 자신을 낮추지 않습니다.
> 그러나 동시에 우리가 자부심을 느끼는 그것이
> 신의 선물임을 잘 압니다.

이 책에서 말하는 자부심은 긍정적인 면을 의미합니다. 우리는 자신의 성취를 자랑스러워하고 만족합니다. 이 감정은 삶에 대한 감사와 내적 평안을 선사합니다. 그러나 이런 자부심은 쉽게 배부른 만족감으로 변질될 수 있습니다. 배부른 만족감은 더 나아가기를 거부하고 현실에 안주하게 합니다. 그러나 인간의 본질은 끊임없이 길을 가며 자신의 현실과 내재된 가능성을 탐구하는 데 있습니다. 그리고 인간은 끊임없이 신을 찾는 존재입니다.

성 베네딕토는 수도자를 평생 신을 찾는 자로 이해합니다. 배부른 만족은 그저 제자리에 머물게 할 뿐, 진정한 발전을 가로막습니다. 윤리신학자들은 이를 '선善의 경직'이라 부릅니다. 무언가를 성취하고 선한 일을 했더라도, 거기에 안주하면 생기를 잃고 내적 긴장감을 잃게 됩니다.

우리는 자부심을 맘껏 누려도 됩니다. 그러나 동시에 신이 매일 우리에게 도전과 임무를 부여하려는 것에 열려 있어야 합니다. 성공적인 작업, 좋은 하루, 멋진 축제에서 느끼는 자부심은 내적 평안과 감사하는 마음을 줍니다. 우리는 잠시 멈춰 서서 편안한 마음으로 결과물을 기뻐하고, 모든 일이 성공적인 것에 감사함을 느낍니다. 또한 신이 선물한 능력에 감사합니다. 축제에서 사람들을 즐겁게 한 스스로에게 자부심을 느낍니다. 성공으로 이끈 자신의 공로를 스스로 인정합니다. 우리는 자신을 낮추지 않습니다. 하지만 동시에 우리가 자부심을 느끼는 모든 것이 신의 선물임을 깨닫습니다. 우리는 자부심이 주는 만족감에 안주하지 않습니다. 잠시 멈춰 그 감정을 만끽하되 다시 앞으로 나아가야 합니다. 최후의 갈망이 요동치고 심장이 두근거리는 그곳을 향해 계속 나아가고 찾고 추구할 때만 우리는 살아 있음을 느낄 수 있습니다.

확신

희망이 있는 신뢰

확신은 미래에 대한 신뢰와 희망을 줍니다. 현실적인 어려움과 문제들로 인해 점점 더 많은 사람들이 절망과 불안을 느끼는 이런 시대에는 지나친 낙관주의와 비관주의가 만연합니다. 이럴 때일수록 우리에게는 확신의 감정이 절실히 필요합니다.

오늘날 세상의 종말을 예언하는 사람들이 많습니다. 물론, 우리가 사는 세상이 오랫동안 균형을 유지하고 인간의 광기를 견뎌낼 것이라고 보장할 수는 없습니다. 그러나 종말론은 세계의 현실보다 자칭 예언자들의 정신 상태를 더 잘 드러냅니다. 그들은 자신의 삶을 재앙으로 이해하고, 무의식적으로 이 비참한 삶이 빨리 끝나기를 바랍니다. 그래서 자신의 상황을 세상에 투영하여 세계의 종말을 기대하는 것입니다. 그들의 내면에 자리한 파괴성은 세계의 종말을 생생하게 상상하는 데서 엿볼 수 있습니다. 오늘날 미래에 대한 두려움이 만연해 있기 때문에, 이러한 거짓 예언자들은 인간의 약한 마음을 흔들고 두려움에 떠는 많은 사람들에게 영향력을 미칩니다. 이런 상황에서 우리에게 가장 필요한 것은 확신과 신뢰입니다.

확신은 눈으로 보는 것에서 시작됩니다. 눈으로 일어나는 일을 따라가는 것입니다. 영성적 측면에서는, 하느님이 모든 일을 어떻게 이끌고 인도하는지 지켜보는 것을 의미합니다. 천사들을 보내 이 세상을 불행에 맡기지 않고 모든 것을 선하게 바꾸도록 하는 것을 지켜보는 것입니다. 이러한 믿음을 가지고 저는 비관적인 예측에 동요되지 않습니다. 그렇다고 현실을 외면하기 위해 장밋빛 안경을 쓰지도 않습니다. 저는 오늘날 우리가 살고 있는 세상을 환상 없이 있는 그대로 인식합니다. 하지만 절망하지 않습니다. 왜냐하면 이 세상이 하느님의 손에 있고, 죄송석인 권력이 인간에게 있지 않음을 잘 알기 때문입니다.

확신은 단순히 눈에 보이는 것 이상을 봅니다. 언론 매체가 호들갑스럽게 외치는 문제 그 이상을 봅니다. 확신은 모든 외적인 것들 외에도 사물의 본질을 꿰뚫어 봅니다. 또한 확신은 이 세상을 함께 걸어가는 하느님의 천사들을 믿고, 그들이 우리의 땅과 세상을 보호하는 손길을 통해 내면으로부터 힘을 얻습니다. 우리는 이 힘으로 우리 자신의 삶과 세상을 능동적이고 창의적으로 만들어 갈 수 있습니다.

확신은 신뢰와 희망의 단짝입니다. 확신을 가진 사람은 미래에 대해 신뢰하고, 낙관적 관점을 유지합니다. 그러므로 확신은 우리에게 좋은 미래가 기다리고 있으며, 우리가 그 미래를 위해 함께 일할 가치가 있다는 믿음을 줍니다. 확신은 눈으로 확인하는 것에서 비롯되므로 세계를 대하는 자세에도 영향을 줍니다. 우리는 눈을 크게 뜨고 미래를 향해 나아갑니다. 그러나 또한 다가오는 것을 과거의 경험을 토대로 함께 보고, 지금까지 본 것으로부터 확신을 얻습니다.

확신을 뜻하는 독일어 'Zuversicht'는 세 단어로 구성되어 있습니다. 우선 'sicht보다'가 있습니다. 확신하려면 실체를 현실적으로 봐야 합니다. 여기서 'ver'는 라틴어 'pro'와

'per'에 해당하며, 다른 사람을 '위해' 보는 것을 의미합니다. 아직 눈을 감고 있는 사람들을 대신하여 정확히 보고 표면적인 것에 머물지 않고 본질까지 꿰뚫어 봅니다.

여기에 접두어 'zu'가 추가되었습니다. 이는 목표, 미래의 시간 또는 사건을 향한 방향을 의미합니다. 결국 목표에 혼자가 아니라 다른 사람들과 함께 도달하기 위해 명확히 보는 것, 그것이 확신입니다. 그래서 확신은 단지 우리에게 자신감을 주고 자존감을 강화하는 감정일 뿐 아니라, 다른 사람에게도 영향을 미쳐 함께 목표를 추구하고 달성하게 하는 감정입니다.

평정심

내면의 평화

독일의 유명한 신비주의자 마이스터 에크하르트는 '평정심Gelassenheit'이라는 개념을 정리했습니다. 그에게 평정심은 우리가 익혀야 할 미덕이자 태도입니다. 물론 이것은 감정이기도 합니다. 하지만 이 감정은 우리가 마음을 평온하게 유지하는 법을 터득한 후에야 찾아옵니다. 내 욕구와 소망에 집착하지 않을 때 평정심을 얻게 됩니다. 내가 가지고 있는 환상, 나와 타인에 대한 환상을 내려놓을 때 그동안 나를 짓누르던 압박에서 벗어날 수 있습니다. 이런 의미에서 평정심은 내면의 평화와 관련이 있습니다.

자신에게 닥친 모든 일을
자유로운 마음으로 대하는 사람만이 평정심을 갖습니다.

또한 평정심은 사물과 사람들을 있는 그대로 받아들이는 태도입니다. 오늘날 우리는 항상 모든 것을 바꿔야 한다는 압박 속에서 살고 있습니다. 평정심은 세상 만물이 선하다고 믿고, 누구나 타고난 대로 살아갈 자격이 있다고 믿는 데서 시작됩니다. 동시에 평정심에는 그들 안에서 어떤 것이 변화하고 성장할 것이라는 희망이 있습니다. 그것은 만물이 하느님이 원하는 모습을 갖춰 가리라는 희망입니다. 하지만 우리가 그들을 스스로 변화시킬 필요는 없습니다. 그냥 두어도 됩니다. 모두에게 내재해 있는 발전 가능성과 하느님의 은혜에 맡기면 됩니다.

평정심을 갖기 위해선 시간이 필요합니다. 조급해하거나 서둘러선 안 됩니다. 평온한 마음으로 어떤 일을 하려면 여유가 있어야 합니다. 가령 누군가와 대화를 나누기 위해서도 시간이 필요합니다. 여유란 시간을 쪼개 쓰거나 마감 압박에 쫓기는 것과는 정반대의 개념입니다. 여유를 가지려면 시간의 지배에서 벗어나야 합니다. 시간을 느끼고 누릴 수 있어야 합니다.

시간은 나에게 주어진 선물입니다. 그러니 짧은 시간 안에 모든 일을 끝내야 한다는 압박에서 벗어나십시오. 시간이 흐르게 두고, 그 흐름을 느끼십시오. 신에게 속한 시간이자 내 시간입니다. 그 시간 속에서 우리는 진정한 자아를 만납니다.

내면의 중심을 잡는 사람만이 평정심을 유지할 수 있습니다. 그러나 우리는 자주 마음의 중심을 잃어버립니다. 사소한 일에 화를 내고, 다른 사람의 말에 좌지우지됩니다. 그러나 마음의 중심을 유지할 수 있다면, 다른 사람들의 다름도 평온하게 바라볼 수 있습니다. 평가나 판단 없이 다름을 인지하고, 오히려 다름을 인정하고 기뻐할 수 있습니다. 마음의 중심을 잃은 사람은 다른 사람들의 의견과 기대에 의해 흔들립니다. 그래서 그런 사람은 타인의 판단에 의해 찢기고 이리저리 끌려다니는 느낌을 받습니다. 평정심을 유지하려면 지속적으로 자기 자신을 느끼고 마음의 중심을 유지해야 합니다. 그리고 타인을 있는 그대로 받아들여야 합니다.

내려놓아야 비로소 위대한 일이 실현됩니다.

평정심은 스스로 세운 조건과 기대로부터 자유로워지는 것입니다. 많은 사람이 압박 속에서 살아갑니다. 어떤 일을 하든지 실적 압박에 시달리고, 다른 사람과 자신을 비교합니다. 남들이 나를 어떻게 생각할지 신경 쓰느라 지금 이 순간에 집중하지 못합니다. 지금 하는 일에 집중하지도 못합니다. 그 일을 통해 자신을 드러내고 다른 사람들보다 우위에 있으려다 보니 눈앞의 일을 평온한 마음으로 바라보지 못합니다. 오직 자신의 생각으로부터 자유로워져서 스스로와 자신의 행동을 판단하지 않는 사람만이 평정심을 유지할 수 있습니다.

중국의 현자들은 오래전부터 평정심을 강조했습니다. 그들은 자신의 의도를 내려놓을 때 본연의 것이 나타난다고 믿었습니다. 도道를 따르고 삶을 긍정하며, 신의 뜻대로 삶이 실현되기를 바랍니다. 자기 생각에 맞춰 삶을 왜곡하지 않습니다. 장자는 평정심을 얻은 옛 현자들에 대해 이렇게 말합니다.

"그들은 모든 것을 있는 그대로 받아들였습니다. 죽음조차도 기꺼이 받아들였습니다. 불평 없이 저편으로 떠났습니다."

평정심은 이런 내면의 자유를 가지고 자신에게 닥친 모든 것을 마주하는 사람만이 얻을 수 있습니다. 이러한 평정심을 익힌 사람은 자신 안에서 마음의 평화를 느낍니다. 그 어떤 것에도 쉽게 동요하지 않습니다. 그가 모든 것을 이 내면의 평온한 태도로 마주하기 때문입니다. 그의 주변에서는 다른 사람들도 편안함을 느끼고, 자신이 있는 그대로 있어도 된다는 느낌을 받습니다. 이러한 허용 속에서 비로소 위대한 일이 실현됩니다.

48가지 다양한 감정에 이름을 붙여 보며

지금까지 우리는 다양한 감정에 대해 살펴보았습니다. 그리고 감정이 강력한 힘의 원천임을 알게 되었습니다. 감정은 우리에게 무언가를 시작할 동기를 부여하고, 열정을 가지고 어떤 일에 전념할 힘을 줍니다. 그러나 감정은 특정한 목표나 구체적인 방향 없이도 우리를 격렬하게 흔들어 놓을 수 있습니다. 이럴 때 감정은 더 이상 추진하는 에너지가 아니라, 우리를 지배하고 정신적 에너지를 묶어 버리는 힘이 될 수 있습니다. 감정이 너무 강렬해지면 우리는 명확하게 볼 수 없게 되고, 무엇을 생각하고 무엇을 해야 할지 알지 못하게 됩니다.

감정의 양면성은 우리가 감정을 살펴볼 때마다 반복적

으로 드러났습니다. 감정이 우리에게 도움이 되는 힘이 될지, 아니면 우리를 혼란스럽게 할지는 감정을 어떻게 다루느냐에 달렸습니다. 모든 감정에서 중요한 것은 그 감정을 잘 살피고, 대화를 나누며, 그 감정의 정당성과 의미를 찾아 우리의 삶에 긍정적인 힘이 되도록 고민하는 것이었습니다.

감정의 또 다른 중요한 의미는 나와 남을 연결해 준다는 점입니다. 우리가 마음속에서 느끼고 외부로 표현하는 것은 다른 사람들과의 관계를 형성합니다. 자신의 감정을 차단하는 사람은 다른 사람과 감정적으로 공명하지 못합니다. 그런 사람들은 여러 사람과 많이 접촉해도 진정한 관계를 맺지 못합니다. 그러나 자신의 감정을 이해하고 익숙해지면, 다른 사람의 마음을 여는 데 도움이 됩니다. 마음은 온전히 합리적이지만은 않습니다. 마음은 언제나 감정으로 가득 차 있습니다. 먼저 자신의 감정을 인식함으로써 우리는 다른 사람에게 마음이 열리고, 다른 사람의 감정을 느끼면 마침내 서로의 인격이 만나게 됩니다. 인격은 합리적 주장보다 감정 속에서 더 많이 드러납니다. 따라서 감정은 우리 인격으로 들어가는 입구라 할 수 있습니다. 개인의 삶과 자기 자신이 가장 중요하지만, 다른 사람과의 관계도 중요합니다. 우리가 우리의 감정을 허용하고 다른 사람에게 보여줄 때 감정의 공명이 생깁니다. 이때 서로의 감정이 만납니다.

감정에 대한 성찰은 우리가 감정에 휘둘리지 않게 합니다. 감정만을 따라가는 사람은 신뢰할 수 없기 때문에, 감정을 잘 살피고 대화하는 과정이 필요합니다. 이를 통해 우리는 감정을 힘의 원천으로 경험하고, 다른 사람과의 진정한 만남을 이룰 수 있습니다. 이러한 성찰은 우리가 감정에 지배당하지 않고 오히려 감정을 지배할 수 있게 합니다. 우리가 감정을 적극적으로 활용하면 감정은 축복이 되고, 다른 사람이 진정으로 만나는 통로가 됩니다. 그런 감정은 인간적인 상호 관계를 선물하며 온기와 친근감, 사랑과 인간애로 가득한 만남을 만들어 줍니다.

참고 문헌

베레나 카스트, 《기쁨, 영감, 희망Freude, Inspiration, Hoffnung》
München 1997.

울리히 루츠, 《마태오복음 주석Evangelium nach Matthäus》
Zürich-Neukirchen 1985-1995.

카를 라너, 〈후회Reue〉《신학 논문집 IV》, 300-306.

감정 학교

1판 1쇄 발행 2024년 8월 30일
1판 2쇄 발행 2024년 10월 15일

지은이 안젤름 그륀
옮긴이 배명자
펴낸이 이선희

책임편집 양성미
편집 이선희 박소연
저작권 박지영 형소진 최은진 오서영
디자인 이정민
광고 디자인 최용화 장미나 이연우
마케팅 정민호 박치우 한민아 이민경 박진희 정유선 황승현
브랜딩 함유지 함근아 박민재 김희숙 이송이 박다솔 조다현 정승민 배진성
제작 강신은 김동욱 이순호
제작처 더블비

펴낸곳 (주)나무의마음
출판등록 2016년 8월 25일 제406-2016-000107호
주소 10881 경기도 파주시 회동길 210
문의전화 031-955-2689(마케팅) 031-955-2643(편집) 031-955-8855(팩스)
전자우편 sunny@munhak.com

ISBN 979-11-90457-34-7 03800

www.munhak.com